Jean-De

de l'Acadé

Un enfant sage

Gallimard

Professeur de droit à l'université de Paris I, avocat au Barreau de Paris et membre de l'Académie française, Jean-Denis Bredin est l'auteur de plusieurs ouvrages historiques, dont *Joseph Caillaux* (Folio/Histoire), *L'Affaire* (Julliard, 1983) et *Sieyès, La clef de la Révolution française* (de Fallois, 1988). Il a publié aux Éditions Gallimard *Un coupable* (1985), *L'absence* (1986), *La tache* (1988).

I

I

Julien avait mis plusieurs mois à fixer son itinéraire, de la maison au lycée. Il n'avait pas cherché le plus court, ni le plus agréable, mais celui qui offrait tous les avantages. Maintenant il ne s'en écartait plus. Il descendait la rue étroite sur le trottoir de gauche, ce qui lui prenait à peu près cinq minutes durant lesquelles il se remémorait ce qu'il avait placé dans son cartable, s'assurant, tant qu'il pouvait encore faire demi-tour, qu'il n'avait rien oublié. Arrivé sur le boulevard, il passait sur le trottoir de droite. Il récitait alors celle de ses leçons qui lui semblait la plus redoutable, soit qu'il courût le risque d'être interrogé, soit qu'il ne l'eût pas suffisamment répétée. Parvenu à mi-chemin, il traversait le boulevard. Alors il se laissait une à deux minutes d'un temps qu'il utilisait à n'importe quoi. Il s'arrêtait devant une boutique de tapis. Il prenait à les contempler un grand plaisir, choisissant ceux qu'il achèterait un jour, il ne comprenait pas que son père n'en eût pas mis un seul sur la moquette grise de l'appartement. Puis Julien reprenait son chemin, récitait une deuxième leçon, et, parfois, ralentissant le pas tandis qu'il approchait du lycée, une troisième. Il prévoyait vingt minutes pour un chemin qui, tous obstacles comptés, ne pouvait lui prendre plus d'un quart d'heure. Mais cette marge disponible lui permettait de revenir sur la première leçon, ou de réfléchir aux difficultés de la journée. Soudain il entrait dans le lycée, ou plutôt il s'y jetait, en courant, les dents serrées.

Au retour, il n'avait pas de chemin obligé. Souvent Cochard, son voisin de pupitre, le prenait par la main. Cochard habitait dans la même rue que lui, une maison plus vieille, plus enfoncée. Julien n'osait dire qu'il préférait rentrer seul, il suivait donc Cochard qui faisait des tas de détours, il marchait anxieux de ce temps gâché. « Ne fais pas cette tête », répétait Cochard, presque à tous les croisements, Julien ne répondait pas. Quand, par chance, il revenait seul du lycée, il se donnait le droit de varier l'itinéraire, sans l'allonger. Parfois il se jetait sur la chaussée pour le plaisir de surgir entre les voitures, de les contraindre à freiner, il aimait ce péril couru, et la chance qui veillait sur lui. Il consacrait quelques minutes à regarder les devantures, les gâteaux, les stylos, et encore les tapis, il ne songeait pas à entrer dans une boutique, c'eût été trop compliqué, déjà regarder ce n'était pas facile, à rester en place il risquait d'être observé, il changeait souvent de vitrine, et vite il s'enfuyait.

De toute manière, il ne pouvait consacrer plus de trente minutes au chemin du retour. Arrivé dans sa rue, il se précipitait à la maison. Passant devant la loge de la concierge, il criait « Bonjour madame », sans attendre de réponse, il montait l'escalier en courant, les cinq étages, le père interdisait qu'il prît l'ascenseur, il arrivait essoufflé sur le palier, posait son cartable, remettait son pantalon et sa chemise en ordre, se coiffait, souriait devant la porte comme devant une glace, et il sonnait deux coups, deux petits coups.

Le soir, la bonne venait ouvrir. Elle se faisait attendre, traînant les pieds, comme s'il lui fallait déplacer le monde, puis, sans un mot, elle retournait à sa cuisine. A midi c'était le père qui ouvrait dès que Julien sonnait, on eût dit qu'il était caché derrière la porte. La bonne avait mis la table, préparé le repas, un plat et un fromage. Puis elle disparaissait. Julien faisait le service du déjeuner. A table, ils n'échangeaient pas vingt mots, ils partageaient quelques sourires, et d'interminables silences, Julien avait peur de ces silences, il se levait aussi souvent qu'il pouvait, veillant sur les couverts, il cherchait quelque chose à raconter, n'importe quoi, son père semblait ne pas écouter, mais le déjeuner ne durait pas une demi-heure, et le temps passait.

C'est le soir – entre dix-neuf heures trente et vingt heures – que le père regardait les cahiers de Julien, et l'interrogeait sur sa journée. Rentré avant dix-neuf heures, le père suivait un ordre immuable. Il commençait par prendre une douche. Puis il consacrait quinze minutes à lire les titres de son journal du soir, commençant par la dernière page, finissant par la première. Il se rendait alors à la cuisine où il passait avec la bonne dix minutes environ. Après quoi il s'asseyait sur le grand canapé vert du living-room, rapprochait la table basse, et il criait :

« Julien, je t'attends. »

Julien sortait de sa chambre, le pas pressé, sans courir. Il venait se placer, debout devant son père, à mi-chemin entre la porte ouverte et le canapé, fixant des yeux la moquette grise, sous les pieds du père, attendant la question, toujours la même, qui ouvrait ce temps réservé :

« La journée s'est bien passée ? »

Julien n'avait que trois réponses. Il disait « Oui papa », puis il levait les yeux pour regarder son père, ou plutôt la place vide sur le canapé, juste à côté ; ou bien il murmurait « A peu près papa », se répétant les mots qu'il avait préparés pour expliquer cet « à peu près » ; ou bien il répondait « Non » d'une voix presque indistincte. Il n'osait dire « Non papa », il avait compris que son père ne pouvait être associé à ce « non » qui avouait un échec, et il restait à attendre.

« Tes notes aujourd'hui ? »

Le père approuvait les notes supérieures à 15, il tolérait les notes entre 12 et 15, et les autres, toutes les autres, il les désapprouvait. Il avait passé plusieurs grands concours, devenu ingénieur il avait consacré sa vie au travail, au travail et à son fils, c'était la même chose, son devoir, il ne s'était pas donné tant de peine pour que son fils méritât de mauvaises notes. Tout cela, bien sûr le père ne le disait pas, mais Julien le savait, le père soupirait, il se portait la main au front, il prenait souvent de l'aspirine, il n'avait pas le temps de rire, ni d'aller au cinéma, ni d'écouter la radio qui ne l'intéressait pas, l'évidence était qu'il ne travaillait que pour son fils. Sans son fils il se serait contenté d'une femme de ménage, peut-être eût-il vécu à l'hôtel, tout eût été différent, son fils devait le sentir, non pour être reconnaissant, le père ne demandait rien, mais pour bien travailler, à son tour faire son devoir.

« 12 sur 20 en géographie... »

Le père se tait un moment pour marquer qu'il est au bord du mécontentement.

« Sur quoi cette note ?

– Sur le Japon. »

Le père soupire. Julien ne sait pas si le soupir sanctionne sa note, ou s'adresse au Japon. Le père n'appréciait pas les voyages, les voyages sont faits pour les femmes, au mois d'août il s'enfermait seul dans un hôtel, toujours le même, au bord de l'océan.

« C'est ta seule note ?

– J'ai obtenu un 14 en latin. »

Julien regretta cet « obtenu » qui prétendait grossir la note. Il s'avança jusqu'à son père, il tendit la dissertation, le père la prit, la posa derrière lui, sur une table d'acajou noir où il entassait les journaux pour y découper un jour les articles utiles.

« Je la lirai tout à l'heure. »

Le père la lirait sans doute dans sa chambre, la

nuit venue, il dormait mal, il lisait souvent jusqu'au lever du jour.

« Viens t'asseoir à côté de moi. »

Julien attendait ce moment. Il se plaçait à côté du père, les jambes croisées, son père lui prenait la main, et ils demeuraient tous les deux, sans bouger, sans mot dire, ils écoutaient les voitures dans la rue, le père avait le regard fixé au mur, toujours au même endroit, Julien n'osait se demander à quoi pensait le père, il essayait, lui, de ne penser à rien, il ne voulait surtout pas penser à sa mère, il chassait sa mère, elle ne devait pas venir à ce moment-là. Julien presse la main de son père doucement, le plus doucement qu'il peut, son père ne s'en aperçoit pas, ou fait semblant, Julien retient son souffle, car son souffle peut tout gâcher, il écoute le père respirer, un peu fort, un peu vite, toujours pareil, il se reproche ce 14 en dissertation latine, il devra faire mieux, son père n'est pas ici à lui tenir la main pour un 14 en dissertation latine.

« Pour tes douze ans je ferai repeindre l'appartement. »

Julien réfléchit. Dans deux mois et dix jours! Il a peur de son anniversaire. C'est une journée pleine de complications. Il s'est juré, quand il serait grand, de ne plus avoir d'anniversaires. Repeint, l'appartement restera aussi triste, et Julien n'osera jamais y inviter personne. Mais si son père forme un tel projet, c'est pour lui faire plaisir, tout le monde veut lui faire plaisir quand vient son anniversaire. Julien répond :

« Merci papa. »

Le père se tait.

« Merci beaucoup papa. »

Leurs mains se sont séparées. Julien se lève. Il va dîner dans sa chambre, le père dans la sienne, jamais ensemble. C'est qu'ils doivent travailler l'un et l'autre.

Assis à sa table, Julien apprend ses leçons, le plateau posé devant lui. De toute la journée c'est l'heure qu'il préfère. Il a installé les livres et les cahiers, chacun à sa place. Entre eux, ni jalousie ni méchanceté. Julien lit, récite, écrit. Dès qu'il s'attribue une bonne note il grapille sur le plateau un peu d'omelette, un peu de riz, en récompense. Il épluche soigneusement la pomme, pour déguster les morceaux du fruit, puis de sa peau, séparément. Tout marche à merveille, les leçons s'apprennent, les devoirs se font, et de l'autre côté du salon le père est là, tranquille. Chacun remplit sa tâche.

Tout à l'heure le père viendra l'embrasser, l'embrasser deux fois, avant d'éteindre la lumière. Il lui dira « Dors bien », ou « Pense à faire ta prière », et refermera lentement la porte. Alors, la journée finie, Julien sera libre de rêver. Sa mère viendra vers lui, les bras tendus. Elle descendra le grand escalier, il l'attendra en bas, sans bouger. Elle lui prendra la tête entre ses mains. Julien ferme les yeux, et les poings, il s'enfonce sous son drap. Cette image il ne veut pas la perdre.

II

Julien aurait aimé que le père fût content. Les bonnes notes ramenées du lycée évitaient qu'il s'assombrît davantage, mais elles ne l'égayaient pas. Toujours le même regard, derrière les lunettes, appliqué, inquiet, guettant un détail. Le père ne riait jamais, à peine souriait-il le soir, très peu, très vite, quand il venait fermer la lumière. Julien s'ingéniait à le distraire, il lui rapportait des anecdotes, des histoires drôles. Souvent, avant de s'endormir, il travaillait à en inventer deux ou trois à la suite, pour le déjeuner du lendemain, mais rien n'y faisait, le père était pris dans ses souvenirs, des tas de souvenirs trop lourds. A certains moments les lèvres du père semblaient prêtes à parler, elles avaient quelque chose à dire, mais le père les en empêchait, il ne voulait que se taire, et continuer. Peut-être eût-il fallu lui poser des questions, ou se jeter sur lui, l'embrasser soudain, mais Julien savait que ce n'était pas son rôle, et le père, au premier mot, au premier geste, l'eût repris. Ce passé, toujours présent, dans lequel son père se débattait,

Julien comprenait bien qu'il tournait autour de sa mère, il voyait que le père avait la tête pleine d'images. Julien avait fouillé tous les tiroirs, il n'avait pas trouvé une seule photo où ils fussent tous les trois, et non plus son père et sa mère ensemble, jamais ensemble, ce n'était pas possible qu'ils eussent été, tous les deux, tous les trois, même un soir réunis. Ils étaient séparés depuis toujours. Julien ne pouvait supporter l'idée que son père pensât à sa mère, qu'il la touchât du regard, il redoutait ces mauvais rêves où le père restait plongé. Un jour qu'ils déjeunaient sans mot dire, ou presque, comme tous les jours, le père avait plissé le front, fermé la main, c'était certain qu'il pensait à elle, et qu'il en pensait du mal. Julien n'en pouvait plus. Il avait murmuré « Arrête », le père avait entendu, Julien s'était excusé, le père avait bu deux grands verres d'eau, puis il avait dit, ne parlant à personne :

« Je m'arrêterai plus tôt qu'on ne croit. »

Et ils étaient restés, la cuillère immobile, les yeux fixés sur les nouilles.

III

Le soir, après que son père l'eut embrassé, qu'il eut éteint la lumière, Julien laissait passer dix minutes, feignant de dormir. Puis il se relevait. Il allait à la fenêtre. Par brefs mouvements, pour ne faire aucun bruit, il poussait les volets jusqu'à ce qu'il eût devant lui un grand morceau de nuit. Alors il s'occupait des étoiles. Il tâchait de les reconnaître, de les obliger à se soumettre aux dessins qu'il inventait, il les comptait à l'intérieur de son carré, de son losange, de son cercle, il attendait que l'une filât pour la suivre, toutes étaient ses amies. Ou bien, grimpé sur une chaise, il se penchait pour observer la rue, il fermait les yeux quand venait une voiture, cherchant à deviner, au seul bruit du moteur, sa marque et son année. Il ne se trompait guère.

Passé le jeu, il se donnait une demi-heure de travail. Il s'asseyait à sa table, juste sous la fenêtre ouverte, il ouvrait son cahier secret, celui qu'il cachait tout au fond du tiroir, sous ses livres, et il allumait sa lampe de poche, posant le cercle de lumière sur le papier, là où, la veille, il avait cessé d'écrire. Il relisait les derniers mots, pour se mettre en marche, et l'inspiration venait vite. Julien savait qu'il n'aurait le temps que de quelques vers, entre quatre et six, mais cela suffisait pour que son ouvrage avançât. « Écrivez n'importe quoi, mais écrivez », leur répétait le professeur de français, il expliquait que l'écriture ne venait qu'en écrivant, que tous les enfants devaient écrire, il leur donnait Rimbaud pour modèle. Julien ne savait pas encore s'il deviendrait poète ou tragédien, de toute manière il avait choisi d'être médecin, un grand médecin grand écrivain, il se doutait qu'il changerait d'avis, il avait le temps de réfléchir, il rêvait surtout d'être premier en français. Sa mère adorait les livres. Qu'il fût mauvais en maths elle s'en moquait, le français c'était pour elle la vraie discipline, « Tu auras le prix de français », elle le serrait dans ses bras, elle l'appelait « mon Victor Hugo chéri », sa mère lisait les livres avec les mains, elle les feuilletait, mais elle découvrait aussitôt les meilleures pages, « Julien promets-moi de me faire des poèmes », il s'était promis de lui en offrir cinq à la fin de l'année, un pour chacun des doigts de la main gauche, la main qui portait une bague, il les lui offrirait s'il obtenait le prix de français. Et aussi s'il ne l'obtenait pas.

Il prenait garde de ne faire aucun mouvement avec sa lampe, pas le moindre bruit, car le père veillait à l'autre bout de l'appartement, il n'eût pas supporté que son fils se fatiguât, la nuit, sur des exercices hors programme, des inepties. Julien avait acquis une merveilleuse habileté des gestes. Pour parer au moindre risque, il respirait très fort, très lentement, tout le temps de son travail, afin que le père, s'il venait derrière la porte, entendît son sommeil.

« Automne, Automne... »

Ces quatre pieds, il les avait réécrits trois fois, dans l'espoir que la suite viendrait. Elle n'était pas venue. Pourtant Julien ne pouvait renoncer à ce début, ce début lui rappelait des poèmes appris, qui lui avaient plu, c'était un bon début, souvent sa mère se mettait au piano, chantant une mélodie qui parlait de l'automne, Julien aimait la saison, le mot, la chanson.

« Splendide avènement d'un très lointain séjour »

Il avait rédigé cet alexandrin la veille, d'un coup ou presque. Il avait entendu sonner minuit à l'église voisine, il s'était couché plutôt fier. Maintenant sa lampe de poche éclairait des mots trop pesants qui ne lui convenaient plus. Il était mécontent des deux adjectifs, le professeur de français désapprouvait les adjectifs, et Julien voyait bien que l'adverbe n'était venu que pour compléter le vers. Il décida de conserver le tout, pour le moment. Un poème, se dit-il, ne se corrige qu'à la fin. Il n'en était pas très sûr, mais il devait avancer, et la fatigue lui conseillait de faire vite.

Les rimes lui laissaient peu de choix. Il chuchota

des tas de mots, pour en trouver d'utiles, « bonne », « sonne », « tonne », rien ne faisait l'affaire, il retint un moment « les cloches qui sonnent » puis il les écarta, craignant que ce pluriel ne fût interdit, toujours il retombait sur des adverbes, les syllabes venaient dans tous les sens, le frappant parfois à la tête, lui faisant mal, elles se plaçaient d'elles-mêmes, et lui il n'avait plus la force de les commander.

« Plaie monotone,
Au cœur où vivait mon amour »

Ces deux vers, il les découvrit après les avoir écrits, ils ne lui semblaient pas venir de lui, des étrangers, mais il avait trop sommeil pour les reprendre. Il éteignit sa lampe, il dit adieu aux étoiles, il envoya un court baiser à sa préférée, toujours présente, au sommet d'une cheminée, il ferma doucement les volets, il se coucha, épuisé, le visage dans l'oreiller. C'était difficile de devenir un vrai poète. Il faudrait n'avoir rien à faire, n'avoir aucun souci, Julien essaya de répéter ses vers, peut-être, les disant, les rendrait-il meilleurs, il murmura :

« Automne, Automne »,

il recommença :

« Automne... »

La suite lui manqua. Il s'endormit.

IV

« As-tu de bons amis ? » lui demandait sa mère, comme elle lui eût demandé s'il avait trouvé l'autobus bondé ou vide, elle n'attendait pas de réponse, elle posait cette question pour lui rappeler qu'elle l'aimait, elle ne cherchait pas à savoir comment il vivait. La vie de son fils était là-bas.

Elle savait d'ailleurs qu'il ne répondrait pas, ou qu'il répondrait à côté. Julien craignait toujours que les questions de son père, de sa mère, ne soient pas de vraies questions, elles ne s'adressaient pas vraiment à lui, elles transportaient des souvenirs, des reproches, elles lui semblaient des retours dans un monde interdit. Un jour son père lui avait demandé si la maison, là-bas, était bien chauffée. Julien avait été désarçonné, son père ne parlait jamais de sa mère, il ne l'évoquait que par de savants détours, cette question sur la maison de sa mère était imprévisible. Julien avait trop vite répondu « La maison est bien chauffée », le père était devenu blême, il avait marmonné entre ses dents « Mieux qu'ici je suppose », et ce soir-là il était allé au cinéma.

Julien ne voulait pas d'amis. Ou plutôt il voulait des moitiés d'amis, des amis qu'il pût ne pas ramener chez lui. Il n'en avait jamais fait venir aucun chez son père, l'appartement leur eût paru trop étrange, la bonne trop revêche, et jamais le père n'avait fait allusion à une telle éventualité qui n'était pas dans l'ordre des choses. Julien allait chez sa mère le jeudi après-midi, pas question d'amener quiconque, c'était leur temps à tous les deux, et de toute manière la maison de sa mère lui semblait trop belle, ses amis n'auraient rien compris, rien compris à sa vie.

Cochard n'était qu'une rencontre, devenue une habitude. En cinquième, le hasard les avait placés au même pupitre. Le jour de la rentrée, en quatrième, Cochard était venu s'installer à son côté, il avait souri, il avait dit « On reste ensemble », et ils étaient restés ensemble. Cochard ne manquait jamais de rien, ni de papier, ni de stylos, il ne parlait pas durant la classe, il ne copiait pas, il n'en voulait pas à Julien de ses bonnes notes, ni d'être mieux habillé, ni de ne pas le fréquenter. Ils échangeaient quelques mots quand ils rentraient ensemble du lycée. Tout les séparait sauf le pupitre, mais cela n'avait pas d'importance.

Au lycée, Julien ne fréquentait, hors Cochard, que Ribaud et Feldman. Plus vieux de deux ans, beaucoup plus grand, Ribaud semblait un pantin désarticulé. Il marchait balançant son cartable d'arrière en avant, puis de gauche à droite, et il remuait la tête du même mouvement. Il régnait sur les disciplines scientifiques en maître incontesté. Feldman dominait en lettres. Excellent en français, imbattable en latin, il était, depuis le début de l'année, le meilleur en grec. Dans la cour du lycée Feldman ne cessait de lire, et encore dans l'escalier. Quand il avait fini son livre il en sortait un autre, d'un vieux sac en tissu mauve qui lui servait de cartable. Il n'avait jamais le temps de parler, juste de sourire, de hocher la tête, il était toujours absent, pris dans ses livres, dans ses rêves. Très médiocre en mathématiques, Feldman disait les mépriser, mais Julien savait qu'il souffrait de ses mauvaises places, qu'il les prenait comme des humiliations. Feldman souffrait de tout, d'être laid, d'être voûté comme une vieille dame, d'avoir le visage couvert de taches rousses, et une voix aiguë, une voix si bizarre que les professeurs hésitaient à l'interroger. On disait que ses parents avaient été déportés, que peut-être il l'avait été aussi, qu'il vivait chez un oncle qui le battait, mais on ne savait rien de lui. Julien l'admirait pour toutes ses misères, il lui en prêtait toutes sortes afin de l'admirer davantage. Julien aurait voulu venir vers lui, mais Feldman le tenait au loin, il tenait tout le lycée au loin.

Julien était bon en sciences et en lettres, de telle sorte qu'il se glissait dans le domaine de Ribaud et dans celui de Feldman, sans les déranger vraiment. Il profitait de leurs défaillances, il s'emparait, presque par surprise, d'une seconde place, parfois d'une première, ils ne lui en voulaient pas car il ne menaçait pas leur règne, mais au bout du compte, cumulant dans toutes les matières, même en dessin, même en chant, de bonnes places sans jamais s'installer à la meilleure, Julien avait décroché en cinquième le prix d'excellence, et il avait des chances de recommencer en quatrième. Ribaud et Feldman s'y étaient résignés. Julien n'incarnait que la plus forte moyenne mais chacun d'eux restait le maître, le maître des sciences, le maître des lettres, tous trois ils se partageaient le pouvoir, ils respectaient leurs prérogatives. Quand ils se réunissaient dans la cour du lycée, ils parlaient à voix basse, ils semblaient comploter, nul n'osait approcher, ils avaient peu de chose à se dire, des choses banales, presque des politesses, ils discutaient des professeurs et des horaires, ils évitaient tous les sujets de discorde, c'était comme une conférence de chefs d'État. Ils aimaient être ensemble, et qu'on les vît ensemble. Ils savaient qu'ils ne deviendraient pas des amis.

V

« Tiens-toi droit. » Il se redresse, cambre les reins, croise les bras, baisse la tête pour compenser ce que cette attitude pourrait laisser supposer de fierté. « Ne mets pas les doigts dans ton nez. » Il fait glisser l'index, il le garde au bord de la lèvre, non il ne se met pas les doigts dans le nez, mais son doigt et sa bouche ensemble réfléchissent. Au vrai, il aime tous ces petits plaisirs de la main et du visage, explorer le nez, se manger les ongles, entrer le doigt, en vrille, dans l'oreille, il sait qu'ils sont interdits et cela lui paraît injuste. Les hommes gardent les mains enfouies dans leurs poches, les femmes se caressent les cheveux, ces gestes-là sont permis, les siens ne le sont pas. « Ne te vautre pas. » Il s'assied au bord du fauteuil. « Ne mets pas tes coudes sur la table. » Il déjeune les coudes au corps, il fait attention à ses mains, à ses pieds. Il se tait. S'il parle il surveille sa voix, il prépare ou il rectifie ses mots. S'il marche il se regarde marcher.

Ces lois, il s'y soumet, mais elles lui semblent absurdes. Ce sont des jeux d'adultes, et Julien sait que ce sont eux les vrais enfants.

VI

Julien redoute le dimanche. Ce jour-là tous s'ennuient, comme dérangés par le repos. A dix heures, son père le conduit à la porte de l'église. Pendant que Julien assiste à la messe, le père parcourt, à pas rapide, les rues du quartier. A onze heures, il retrouve son fils à l'endroit où il l'a laissé. Ils vont chercher la voiture au garage, ils traversent Paris pour marcher à Bagatelle. De onze heures trente à midi trente ils sillonnent le parc, les mêmes allées, le même pas, toujours rapide car la marche doit profiter. S'il pleut ils font comme s'il ne pleuvait pas, ils vont trempés, contents de l'être, la pluie fait partie de l'exercice, elle est tonique et peut évacuer quelques soucis. L'hiver, Julien s'amuse à écarter des pieds les feuilles mortes, à laisser sa trace. Ils vont ensuite acheter une tarte dans une rue de Passy, une tarte aux pommes, toujours la même, une tarte pour trois s'ils doivent déjeuner seuls, pour sept ce dimanche par mois où le père reçoit ses invités.

Ce sont toujours les mêmes. L'oncle Édouard, le

frère du père, qui vit à Rouen, fait la route ce jour-là. Il est veuf depuis toujours, dentiste, et n'aimant que son métier. C'est le seul parent qui reste, avec la grand-tante Lucienne, vieille, élégante, très bavarde. Le couple des deux derniers invités n'appartient pas à la famille, mais c'est tout comme, ils sont l'un et l'autre professeurs d'histoire, ils viennent d'avoir soixante ans, le père est presque leur enfant, ils l'ont connu adolescent, ils l'ont vite aimé à cause de son air triste, de sa manière de les interroger, d'approuver quand ils parlaient. Ils prennent la parole à tour de rôle, car ils se sont répartis les siècles et les vérités.

Le repas commence à treize heures quinze, les hors-d'œuvre, le gigot, et la tarte admirable. Seules changent la nappe et les serviettes, roses un dimanche, bleues le suivant.

Aux hors-d'œuvre tout le monde se tait. On se passe les raviers, les bras s'entremêlent, Julien veille à ce que chacun touche à tout. A l'arrivée du gigot, la tante Lucienne commence à parler du temps, qu'elle juge toujours mauvais. Paris est placé trop au nord, il eût fallu faire de Bordeaux la capitale. La tante avait épousé un officier, bordelais d'origine, mort général, elle entretenait le culte de son défunt et de Bordeaux. Bordeaux c'était exactement le bon climat, davantage au sud la chaleur devenait pesante, le sud portait à la paresse. Sur ce point les deux professeurs ne sont pas en accord avec elle. Ni la Provence ni le Périgord n'appartiennent au sud, le sud commence en Afrique. Vite le débat tourne à la politique, les professeurs votent à gauche, la tante Lucienne à droite, elle défend la culture occidentale, les professeurs s'estiment en charge des cultures exotiques, mais ils n'osent franchement contredire la tante, elle a beaucoup vécu, beaucoup voyagé, et le général est mort commandeur de la légion d'honneur. L'oncle Édouard ne dit rien. Il pense à ses clients, à toutes les dents de ses clients, la conversation l'indiffère, il regarde son frère qui passe le sel, le poivre, qui remplit les verres, oui son frère l'inquiète, il le trouve pâle. La bonne place la tarte devant le maître de maison. Le père pose toujours la même question : « Je fais des parts égales ? » « Une petite part pour moi », répond la tante Lucienne qui surveille éternellement sa ligne. « Je mourrai mince », répète-t-elle, pas mécontente de tous les attrister, et de parler d'elle. « Pour moi la plus grosse, oppose l'oncle Édouard, une part de normand », et il éclate d'un gros rire, personne ne comprend ce qu'il veut dire, c'est sa plaisanterie, la seule, et il retourne à son silence. Julien a droit à l'avant-dernière part, il l'a guettée, espérant que le couteau de son père, et la chance, lui laisseraient un beau morceau, mais son père a découpé savamment, on ne doit pas gâter les enfants et la tarte ne leur fait aucun bien. Avant de manger sa part Julien se lève, il doit porter à la cuisine ce qui revient à la bonne, une part minuscule, l'essentiel est qu'elle participe à la fête, Julien s'avance, les bras tendus, tenant l'assiette comme une hostie.

Commençait alors le moment du café. On restait

à table, de l'avis de tous l'atmosphère était chaleureuse, elle risquait de se briser si on la transportait au salon. La bonne servait le café tous les quarts d'heure, chacun en reprenait un peu, juste un fond de tasse, de quoi durer, de quoi dire encore quelques mots, pour tenir jusqu'au départ. C'est l'oncle Édouard qui donnait le signal. Il avait la route à faire, le risque des encombrements, tous les dimanches on discutait des encombrements, mais tous se mettaient d'accord sur leur inquiétante progression et sur l'indiscipline des Français. L'oncle Édouard devait déposer, au passage, la tante Lucienne près de l'Étoile, ils embrassaient Julien, « Tu es en pleine forme », « Travaille bien », jamais un mot de sa mère, c'était comme si Julien n'avait pas eu de mère, il se demandait s'ils l'avaient même connue. La tante Lucienne lui faisait un signe, une dernière fois, en ouvrant la porte de l'ascenseur, un signe complice, elle commentait « Comme ton oncle t'aurait aimé ! », elle fermait les yeux, elle revoyait son général. Les professeurs partaient un peu plus tard, le temps d'un dernier café, d'interroger Julien sur ses études, il devait s'appliquer en histoire, on ne pouvait comprendre le monde sans connaître l'histoire, il n'existait pas d'autre école de l'intelligence, Julien approuvait, promettait.

Les professeurs partis, il se retrouve seul avec son père, dans l'entrée, comme s'ils attendaient tous deux quelqu'un. Ces invités disparus, ce temps qui n'en finit pas, un singulier silence, ce poids du dimanche qui n'a fait que s'alourdir depuis le matin, s'alourdir des gestes et des mots répétés, les meubles figés qui se meurent d'ennui, et encore les heures à venir, de plus en plus épaisses jusqu'au dîner, tout est fait pour les écraser, son père et lui. Son père n'essaie pas de lutter, la loi du dimanche il la subit comme un condamné, mais Julien n'en peut plus. Il voudrait partir, il voudrait crier, il sait qu'il ne partira pas, qu'il ne criera pas. Il sait qu'il ira travailler, qu'il n'a d'autre ami que le travail pour le tirer de là.

« Papa, je peux aller travailler ? »

C'est le moment où le père va nettoyer les cendriers, il vient de saisir le plus gros pour y vider les cendres.

« Julien il faut savoir se reposer le dimanche. »

Julien ne répond pas. Il attend la suite.

« Vas-y si ça te fait plaisir. Vas-y. »

Il y court.

VII

Écouter une mouche ! Le temps s'arrêtait. Julien le vérifiait à une sorte de rumeur imperceptible. Ses soucis s'envolaient, il n'y avait plus que la mouche, la mouche folle, et lui qui écoutait. Il aimait tout d'elle, ses brusques traversées, ses approches rusées, ses caprices, tout ce dont il était incapable, et cette manière qu'elle avait de se jeter sur lui sans le toucher, comme dans un rêve, de se précipiter sur les murs, de les éviter, et soudain de disparaître, partie, posée, morte. Julien se prenait le pouls pour mesurer la durée de l'attente, la mouche surgissait, elle s'était bien ri de lui, elle fonçait à nouveau, elle était sur son bras, sur son épaule, perdue avant qu'il l'eût chassée, puis elle se mêlait au silence, cachée sous un meuble ou somnolant sur un tableau. Il la guettait, elle s'en moquait.

L'idée ne lui venait pas de la capturer. Il l'aimait comme elle était, sauvage et familière, le tourmentant gentiment, l'oubliant. Quand elle s'en allait pour de bon il n'avait aucun chagrin. Il savait qu'elle reviendrait. Il faisait semblant de croire que ce serait la même, toujours la même, il l'appelait Emma, il attendait qu'Emma revînt. Mais il se moquait qu'elle partît.

VIII

Julien est catholique et ne sait pas pourquoi. Son père le conduit à la messe mais n'y assiste pas. Le soir il rappelle à son fils la prière, lui sans doute ne prie pas. Chaque jeudi sa mère l'interroge : « Tu penses à te confesser ? » Mais il voit bien que la religion ne la concerne pas. Il se dit qu'il doit exister quelque part un papier, signé des deux, ordonnant que le fils soit élevé comme un bon catholique. Il a donc à cœur de ne pas créer de problème. Il n'a jamais manqué le catéchisme, il a fait sa communion, il se confesse deux fois par an. Le mercredi il prie pour sa mère et le samedi pour son père. Ce devoir il l'accomplit sans effort, car Dieu ne lui déplaît pas. Parfois il entre dans une église, il va se mettre à genoux devant un autel latéral, à l'endroit le plus tranquille, il aime ce silence, cette demi-nuit, les cierges tremblants, les voix étouffées et qui murmurent, il essaie de penser à Dieu, Dieu est trop puissant, et trop vieux, il pense plus facilement à son fils, celui-là ne faisait que s'occuper des autres. Julien se trouve des affinités avec le Christ, il veut monter avec lui au Calvaire, se laisser martyriser comme lui, ils ressusciteraient ensemble, Julien se prend la tête dans les mains, il dit « Jésus aidez-moi », il espère un écho, mais il se préoccupe du professeur de français qui l'entend peut-être, le professeur a l'air désespéré, Julien se faufile hors de l'église.

IX

Quand Julien croisait des hommes et des femmes qui marchaient en couple, qui s'embrassaient, ou se tenaient la main, il se détournait. Il détestait les enfants suspendus entre les jambes et les bras des parents, et les familles du dimanche. Tous ils croyaient s'aimer. Aimer c'est autre chose, c'est être loin, attendre, se tourmenter. Ce n'est pas se promener ensemble, se toucher. Lui, il ne se marierait pas. Il ne leur ressemblerait jamais. Déchirés, absents, son père et sa mère ne cessaient d'être beaux. Jamais un geste ridicule. Ces mots même, papa, maman, il ne voulait pas les partager.

X

Sachant qu'il faisait mal, Julien fouillait le moins possible, mais il fouillait. La vie de son père, la vie de sa mère ne le regardaient pas, il n'en voulait rien savoir, ce qu'il cherchait c'étaient des riens, ce que savaient tous les autres enfants, quelques dates, quelques événements, les repères d'une histoire, l'année où son père avait connu sa mère, le jour et le lieu de leur mariage, pourquoi, comment il était né, le moment de la séparation. A dire vrai, il eût été tenté d'en savoir davantage, lequel des deux avait aimé l'autre le premier, et le plus fort, et aussi pourquoi sa mère était partie, car il imaginait qu'elle était partie, de nombreux indices l'en avaient persuadé, les mots de son père quand il parlait d'une épouse infidèle, la tête du père apprenant qu'une femme avait quitté son mari, et Julien voyait bien que sa mère était faite pour partir, elle n'arrêtait pas de bouger, elle ne parlait que de voyages, elle ne cessait de répéter que l'amour n'avait qu'un temps, sauf l'amour des enfants, mais Julien ne devait pas fouiller ce passé-là, c'était une forêt interdite, d'arbres aux branches frêles, et de bois mort. De toute manière, il ne pouvait rien connaître, rien imaginer qui les plaçât ensemble, l'un à côté de l'autre. Ils étaient éloignés au point de ne s'être jamais rencontrés.

Julien ne fouillait donc que pour ces riens. Trois ou quatre fois il avait ouvert le bureau de son père, et la table de nuit. Chez sa mère, il avait fait l'inventaire de la commode où elle rangeait ses bijoux et ses papiers, dans sa garde-robe, car dans la chambre de sa mère il n'entrait pas. Il n'avait rien trouvé qui précédât sa naissance, pas une lettre, pas une photo, il apparaissait pour la première fois dans les bras de son père, sur la terrasse d'un hôtel, son père avait écrit, au dos de la photo, « Julien, le jour de ses deux ans ». Sa mère accumulait les photos de son enfance à elle, elle toute petite devant son père et sa mère qui se tiennent par la main, elle jeune fille, assise sur un canapé aux côtés de sa mère, elles sourient, elles se ressemblent, elles sont belles, Julien, lui, n'est nulle part, sur aucun meuble, dans aucun tiroir. On dirait qu'il est né le jour de ses deux ans.

Un dimanche, il avait résolu d'interroger l'oncle Édouard, de lui poser une question, une seule, mais essentielle. Toute la matinée avait été gâchée par ce projet, Julien avait parlé très vite, très bas, au moment où l'oncle se trouvait dans la cage d'escalier, attendant l'ascenseur pour repartir. « Je voulais vous demander combien de temps mon père est resté marié... » L'oncle parut désorienté, il éternua, tenta de ne pas répondre. « Il faut le demander à tes parents... » Tes parents... Ces mots Julien crut les entendre pour la première fois, ces mots, qui mêlaient son père et sa mère, lui étaient insupportables. Il s'excusa, en bafouillant, il ouvrit vite la porte de l'ascenseur, l'oncle Édouard se reprit. « Trois ans, grand indiscret, trois petites années... » et il éclata de rire pour cacher leur gêne à tous les deux.

Trois petites années! Julien eût voulu savoir si c'était beaucoup ou peu. Il devinait que ses repères à lui – les rentrées scolaires, les vacances, les anniversaires – ne servaient pas à mesurer ce temps-là. Ces trois petites années, il aurait voulu les découper, pour en apprendre davantage, une avant sa naissance et deux après, ou, plus vraisemblablement, deux ans avant sa naissance, une année, une seule, après! Sa mère était partie il y a dix ans, il y a onze ans... Et depuis le père et la mère n'arrêtaient pas d'y penser. Ils avaient beau n'en parler jamais, tout ce qu'ils disaient y retournait toujours. S'ils se taisaient, ils regardaient là-bas, en arrière. Rien ne pouvait les en distraire. Et c'était lui, Julien, qui les maintenait dans cet état de fièvre, le moindre de ses mots, sa présence même agitait forcément le passé... Sans lui, peut-être eussent-ils été heureux, chacun de son côté.

XI

Sa mère habitait une maison tout entière, dans une rue distinguée de la rive gauche. Cette maison elle l'avait achetée « pour une bouchée de pain », répétait-elle pour s'excuser, une maison du XVIIIe siècle, qui ressemblait à un palais, avec une cour pavée où se rangeaient les voitures, un escalier solennel, un vestibule, orné de sculptures nues et de plantes géantes, qui séparait la cour du jardin comme une galerie dans un château. Au premier étage, la salle à manger, les trois salons étaient à peine meublés, par indifférence, ou par discrétion, Julien ne s'intéressait pas aux meubles, d'un jeudi à l'autre il ne regardait que les rideaux de velours vert qui lui semblaient cacher des soldats dans leurs profonds replis, et les tapis, les plus beaux qu'il eût vus, posés, jetés dans tous les sens, et qui se promenaient sur les parquets anciens. Tout l'appartement du père eût tenu dans un salon. Les chambres, au second étage, donnaient sur le jardin. Julien ne les avait pas visitées toutes, une blanche, une verte, une jaune, une bleue, une rose, les murs et le plafond recouverts de tissus, des chambres comme des boîtes précieuses ou le dépliant d'un hôtel de rêve. De sa chambre, la bleue, on voyait la grande pelouse qu'encerclait une allée de sable, et des marronniers ensemble, des marronniers vieux, tristes, et qui écrasaient de leur ombre des massifs de géraniums sans fleurs. « Ta chambre est la plus belle », lui disait sa mère, elle n'avait jamais fini de la meubler, de l'orner, elle y avait assemblé tout ce que Julien devrait aimer, des pendules venues de plusieurs siècles dont il fallait, chaque semaine, accorder les heures, des lampes portées par des arlequins et des danseuses, des boîtes à musique dissimulées sous le siège d'un violoniste ou dans le dos d'un polichinelle, toutes sortes d'objets insolites, et des tapis bien sûr, des tapis très différents les uns des autres, et petits, afin que Julien pût, chaque jeudi, en changer la position. Julien ne dormait dans cette chambre qu'une fois par an, la nuit du 31 août, celle qui suivait son retour de vacances, mais il s'y enfermait avec sa mère, le jeudi après-midi. Dans les salons, il ne se sentait pas à son aise, il redoutait les portes, trop de portes, et les meubles trop solennels.

Le jeudi matin ne ressemblait à aucun autre. Julien se levait plus tôt que d'habitude, pour se laver les cheveux, car sa mère avait horreur des cheveux sales, elle y voyait un signe de vulgarité. Il mettait pour aller en classe les vêtements, ni habillés ni ordinaires, qui plaisaient à sa mère et que son père approuvait. Au lycée il feignait de travailler, ce matin-là, car il préparait le temps chez sa mère, il le préparait pour elle plus que pour lui, pour que tout se passât au mieux. Il devait réfléchir aux difficultés de la journée, ce qui l'emmenait hors de sa classe, il n'était présent qu'en apparence, mais il aimait cette matinée d'attente, d'attention. Le temps chez sa mère était encore devant.

A onze heures trente, il rentrait à la maison en courant. Son père l'attendait. Julien se couchait sur son lit, baissait son pantalon, le père lui prenait la température, le thermomètre devait rester en place cinq minutes pleines, puis Julien se rhabillait. Son père ne lui disait ni « Au revoir » ni « A tout à l'heure », juste quelques mots insignifiants, « Le plombier doit venir demain » ou « L'oncle Édouard est grippé », rien qui évoquât l'après-midi, et Julien s'échappait.

Dans l'autobus, il restait sur la plate-forme, il connaissait par cœur les moindres détails du chemin, il allait chez sa mère, plus rien d'autre n'existait, il guettait les feux, il comptait les voitures, il souriait aux piétons, c'était un moment merveilleux. Il souhaitait que l'autobus traînât un peu.

Il sonnait. Un concierge invisible ouvrait la porte. Sa mère l'attendait toujours, au haut de l'escalier, elle était si mince, si frêle, ses jambes semblaient trembler sous la jupe longue, elle lui tendait les bras tandis qu'il montait l'escalier, elle descendait quelques marches, il se collait à elle, elle le serrait d'une main, de l'autre elle lui caressait la tête.

Ainsi commençait leur fête. Avant qu'ils

n'eussent échangé trois mots, elle le prenait par les épaules pour le conduire à la salle à manger. Debout, devant la desserte, le maître d'hôtel les attendait, prêt à se mettre en marche, guettant le moindre signe. Ils s'asseyaient face à face, elle dépliait sa serviette, le maître d'hôtel s'avançait. On déjeunait.

Ils échangeaient mille sourires, elle le pressait de questions, sur ses études, sur sa santé, sur ses projets quand il serait grand, elle se mettait à rire avant qu'il n'eût répondu, toujours le même rire, un rire qui partait trop fort, et se cassait aussitôt, elle l'appelait « mon chéri », « mon amour », « mon grand amour », « mon enfant adoré », jamais « Julien ». Il n'aimait qu'à moitié ce temps du déjeuner, tout l'intimidait, la pièce immense, la nappe encombrée d'objets qu'il risquait de briser, rien ne ressemblait à sa vie, il avait peur de mal se servir, de mal dire merci, il ne savait pas si le maître d'hôtel écoutait ou non, entre sa mère et lui la table était trop large, sa mère paraissait se contraindre à inventer des questions, il s'obligeait à répondre de son mieux.

C'est après le déjeuner qu'ils étaient vraiment ensemble. Un jeudi sur trois, elle l'emmenait au cinéma. A peine assise elle lui prenait la main, il posait la tête sur l'épaule, sur les cheveux blonds de sa mère, il fermait les yeux, sans doute ne savait-elle pas qu'il restait les yeux fermés, par moments elle chuchotait « Ça te plaît ? », il répondait « Ça me plaît » en appuyant sa tête.

Quand ils restaient à la maison, il essayait de garder sa mère, tout l'après-midi, dans la chambre. Tantôt ils jouaient aux échecs, tantôt ils lisaient ensemble un livre, étendus sur le lit, côte à côte. Elle lisait plus vite que lui, mais elle devinait l'instant où il arrivait au bout de la page, elle lui prenait la main pour qu'ils la tournent ensemble. Parfois elle s'endormait. Il allait fermer les rideaux, ils aimaient ces bouts de nuit partagés, elle devait rêver car elle soupirait, il tâchait d'imaginer ses rêves, il ne voulait pas s'endormir, surtout ne rien perdre de ce temps-là.

Quand le maître d'hôtel montait le thé, à dix-sept heures trente, il signifiait la fin de la visite. Tous deux prenaient le thé, déjà séparés. Elle feignait de continuer à rire, à rire d'un morceau de sucre, ou du citron, d'un rien, elle voyait qu'il regardait sa montre de plus en plus souvent, et soudain, pour qu'il n'eût pas à parler, elle disait « Julien c'est l'heure ». Il se jetait dans ses bras, ils restaient serrés un moment, puis elle l'écartait : « Julien il faut partir. »

Quand Julien sonnait, à dix-neuf heures exactement, le père venait ouvrir. Julien se couchait sur son lit, il baissait son pantalon, le père prenait la température, il maintenait le thermomètre toujours ces cinq minutes pleines, par précaution. Julien avait observé la marge d'élévation de température que tolérait le père, exactement cinq dixièmes. Si la marge était passée, le père allait dans sa chambre, il installait sa machine à écrire, et Julien l'entendait taper la lettre, à destination de sa mère, que demain la bonne mettrait à la poste au bureau des recommandés. Pour éviter cette lettre, Julien multipliait les ruses. Il écartait les fesses, de son mieux, afin que le thermomètre ne fît qu'effleurer sa peau, au risque de diagnostiquer une température anormalement basse. Si le père sortait de la chambre, Julien retirait brusquement le thermomètre. Il avait appris, par de savantes manœuvres, à faire monter ou descendre le liquide bleu de telle sorte qu'il se fixât sur la ligne idéale. Quand le père s'emparait de l'instrument, lisait la température, Julien devinait aussitôt si la lettre partirait ou ne partirait pas. « Rhabille-toi », c'était fini. Le temps de sa mère était fini, ouvert et clos par le thermomètre.

La bonne était en congé ce jour-là. Julien se préparait à dîner dans sa chambre. Il installait ses livres, ses cahiers autour de son couvert mis, la vie revenait, la vie ordinaire, cela ne lui déplaisait pas, le temps avec sa mère l'obligeait à trop d'émotions, Julien se demandait s'il ne l'avait à aucun moment contrariée, il la regardait se coucher, s'endormir, il restait secoué, tandis qu'ici les cahiers, les livres, le dîner, les meubles, le père de l'autre côté du salon, tout devenait paisible, et ce soir sans bonheur lui était familier.

XII

Les desserts venaient trop tard, le repas quasiment fini, accueillis avec méfiance, « Donne-moi une petite part », « Juste pour goûter », Julien se demandait d'où venait cette succession établie des plats, cet ordre impossible à transgresser, le salé précédant le sucré, tous les plats salés d'accord pour rejeter le plat sucré à la dernière place. Il n'admettait pas cette tyrannie des plats ennemis du dessert. Il eût voulu qu'au moins un jour sur deux le repas commençât par les gâteaux, que les plats salés ne se présentent qu'ensuite, transformés en desserts. Ainsi serait rétablie la justice.

Il ne comprenait pas la mauvaise réputation des gâteaux, mais il la subissait. Chez son père, il n'y avait que la tarte du dimanche qui fût légitime. Tous les autres étaient suspects, Julien ne devait pas y toucher, le sucre envahissait l'organisme et dévastait tout. Chez sa mère, le maître d'hôtel prenait un air consterné quand il passait les gâteaux. « Ils sont faits à la maison », disait sa mère, pour s'excuser. Le maître d'hôtel feignait de les présenter à nouveau, en détournant la tête, « Non merci », murmurait Julien, il n'eût pas été convenable d'y toucher une seconde fois. Quand les gâteaux repassaient devant sa mère, elle ne les voyait pas.

XIII

Pour profiter vraiment des gâteaux, Julien devait être seul. Revenant du lycée il entrait dans une pâtisserie. Il attendait devant la porte, le moment qu'elle fût vide, il s'élançait, demandait quatre éclairs, deux au café, deux au chocolat, ou quatre flans, il précisait « pour ma famille », il posait l'exacte monnaie sur le comptoir, il remerciait plusieurs fois, il se jetait sous une porte cochère, et là il dévorait ses gâteaux, regardant à droite, à gauche, s'assurant qu'il n'était pas observé. Il avait conscience de mal se conduire, non seulement parce qu'il dissimulait ce repas d'avant le repas, mais parce que le monde des gâteaux se confondait avec le monde des péchés. En même temps, il s'ingéniait à limiter sa faute. Il ne faisait jamais la fête plus d'une fois par semaine, il ne fréquentait qu'une seule pâtisserie, surtout il se persuadait que les gâteaux, sans lui, seraient malheureux. Ces quatre éclairs posés dans la vitrine lui semblaient abandonnés, disponibles à qui voudrait bien s'occuper d'eux, ce soir ils seraient vieux, peut-être jetés aux ordures. Les savourant, il croyait leur faire plaisir.

XIV

S'il ne parvenait pas à s'endormir, Julien se levait à nouveau, avec d'infinies précautions. Il allait jusqu'à la chambre du père, s'assurant que le ronflement fût régulier, et il revenait à sa chambre. Il s'habillait, le moins qu'il pût, pour faire vite, il sortait de l'appartement, laissant la porte entrouverte, et il descendait, les chaussures à la main.

Il aimait entrer dans la nuit, dans la rue, marcher le long des maisons endormies, changer de trottoir, regarder vers les rares lumières, imaginer les lits, les corps couchés, la couleur des draps, la forme des lampes. Les passants lui semblaient ses amis, « Bonne nuit », leur lançait-il, il ajoutait un salut fraternel. S'ils ne répondaient pas c'était sans importance. Le jour, tout était difficile, marcher, soutenir un regard, baisser les yeux, passer devant, passer derrière, avec la nuit venait la tranquillité, chacun allait comme il voulait, le visage protégé par l'ombre, les gestes cachés, plus de trop vieux, plus de trop laids, plus de méchants.

Son père ne rit pas. Sa mère rit mal. Julien aime

rire mais il ne le peut vraiment que la nuit. Alors, quand l'envie lui en prend, il fait le pitre dans la rue et ne craint plus le jugement des autres. Il s'installe sous un porche, pour déclamer des poèmes. Il se couche sur la chaussée, il gémit, des passants accourent, il se lève et file en chantant. Il court de rue en rue, épuisé, il s'assied sur le bord du trottoir, les jambes étalées, pour reprendre son souffle, il jure que plus tard il ne vivra que la nuit, il dormira avec les étoiles, il dressera des buffets dans les squares, on dansera sans se voir, personne ne demandera de compte à personne, il dirigera l'orchestre, un fabuleux orchestre, des pianos, des violons, des guitares, il ouvrira le bal, avec n'importe qui, nul ne saura son nom, rien que des inconnus, invisibles, heureux.

XV

Le jour de ses dix ans il avait décidé de devenir professeur. Mais il avait changé d'avis. Jamais il ne serait capable de tenir une classe, d'interpeller les bavards, d'imposer le silence. Jamais il ne pourrait parler à trente garçons. Il n'avait pas renoncé à devenir Président de la République, mais ceci lui paraissait une échéance lointaine, qu'il préparerait plus tard. Julien s'estimait capable de parler à des foules immenses, venues de tous les pays, car il serait alors hors de lui-même, changé par l'aventure, mais l'impossible était de s'adresser à quelques enfants, de les déranger, de les décevoir. Il serait gêné, il lirait dans leurs yeux l'impatience, il ne ferait que lire dans leurs yeux, il devrait recommencer le lendemain, et ce lui semblait au-dessus de ses forces.

Il regrettait son impuissance, car il eût aimé tout savoir et tout enseigner. Il admirait ses professeurs, et, à la différence de ses camarades, il ne distinguait pas entre les bons et les mauvais. Les professeurs qui bafouillaient, il volait secrètement à leur secours, il multipliait les signes d'attention, aucun ne parvenait vraiment à l'ennuyer, ou plutôt ce que ses camarades appelaient l'ennui c'était pour lui un état tranquille, vaguement douloureux, qui lui paraissait bon pour apprendre. Bien sûr il préférait être bouleversé, le professeur de français les emmenait où il voulait, rêver sur l'Acropole, dîner chez Victor Hugo, mais Julien se méfiait de ces sortilèges. Il souhaitait que les connaissances demeurent froides, et même antipathiques. Ainsi s'assurait-il que c'étaient bien des connaissances. Le savoir ressemblait pour lui à un vieillard au visage ridé par le soleil et par le vent, un vieillard très maigre, aux yeux tournés vers le ciel, pas triste, mais inlassablement sérieux. Julien ne voulait pas de plaisir dans le savoir.

Il sera médecin. Julien regarde ce docteur rond, trop serré dans son gilet, que le père appelle chaque fois que la température monte. Le docteur s'assied au bord du lit, sort gravement ses instruments, ausculte le malade de la tête aux pieds, prend sa tension, tapote sur son ventre, il médite, les yeux presque fermés. Parfois il consulte ses livres. Il écrit en réfléchissant, assemblant, ordonnant des remèdes magiques. Tant de science et de simplicité émerveillent Julien. Ce métier sera le sien. Quand il aura longtemps exercé la médecine, et découvert des remèdes nouveaux, il s'occupera de devenir Président de la République. Julien sait qu'il lui faudra beaucoup de patience. Il prévoit, en secret, les étapes. Être aimé de tout un peuple, travailler jour et nuit à son bonheur, rendre les pauvres riches, consoler les mourants, et puis un beau jour... il imagine une fin tragique, non pas crucifié, mais incompris, oublié. Sauver le monde, être chassé par lui, écrire des vers sublimes que d'autres publieront, avec, bien sûr, au dernier acte, l'éclatante revanche, la montée au podium, la montée au ciel, dans un délire d'applaudissements ! Être admirable, supporter l'injustice par devoir, par héroïsme, puis recevoir récompense au matin de la distribution des prix, au jour du jugement dernier, c'est bien cela un destin superbement réussi.

XVI

Une ou deux fois par mois, sa mère se mettait au piano. Elle jouait des morceaux tourmentés, elle chantait des mélodies tristes, elle jouait mal, elle chantait bien. Chaque chanson devait lui parler de son passé et le passé était forcément triste comme les chansons. Julien écoute, il se cache sous le piano pour regarder les pieds de sa mère, les pieds qui s'agitent joliment au-dessus des pédales, il effleure la jambe de ses deux doigts. Elle ne s'en aperçoit pas.

« Je ne pourrais vivre sans la musique », répétait-elle. Enfant, elle avait entendu de grands compositeurs qui venaient dîner à la maison, ils mangeaient et conversaient comme tout le monde, et puis ils allaient au piano, ils jouaient, les yeux fermés, le génie sous les doigts. Elle traversait l'Europe pour courir à l'Opéra, elle connaissait le nom de tous les chefs d'orchestre, elle en parlait comme de ses amis, elle divisait le monde entre ceux qui fréquentaient la musique et ceux qui l'ignoraient. Ceci faisait mal à Julien. Il lui semblait qu'elle en profitait pour humilier son père.

Le père n'allait pas au concert, il n'écoutait aucun disque, la musique était absente de sa vie, il ne faisait que lire, lire ou rester à réfléchir, à se souvenir. Julien se méfiait de la musique. Il la soupçonnait d'avoir travaillé à les séparer. Mais il ne lui reprochait pas que ce mauvais rôle. Il lui en voulait surtout d'inciter à la douleur. Dès que sa mère s'installait au piano, elle prenait une mine désespérée. Elle ne chantait que des chansons mélancoliques, sa voix se brisait, il n'était question que de chagrins, de départs, d'adieux. Elle s'interrompait, « Écoute bien, c'est admirable », elle lui semblait au bord des larmes, il y venait aussi. Lire, pour lui, c'était vivre, rêver, partir au bout du monde. Écouter la musique, c'était souffrir, et pleurer.

XVII

Sa tragédie n'avançait guère. C'est à la fin de la sixième, le soir de la distribution des prix, qu'il avait résolu, pour fêter son prix de français, de composer un chef-d'œuvre du théâtre classique. En octobre il avait commencé d'écrire, et tout au long de la cinquième il avait réussi à rédiger vingt vers par semaine, tenant l'objectif qu'il s'était fixé. Pendant les dernières vacances il avait revu les deux premiers actes, mais la rentrée scolaire, le poids croissant du travail, peut-être la lassitude, tout s'était ligué contre le troisième acte, quoiqu'il fût, de tradition, le plus important. Julien avait réduit son objectif à dix vers par semaine, puis à cinq. Maintenant il se reprochait de s'être exagérément compliqué la tâche. Pour faire mieux que ses prédécesseurs, il avait ajouté à l'unité d'action, de temps, et de lieu, l'unité de personnage. Eurydice, seule en scène, s'épuisait à parler à son frère absent, aux dieux, aux éléments déchaînés, qui n'avaient pas le droit de lui répondre. Or Eurydice n'avait plus rien à dire. Les vers ne venaient plus, et il restait trois actes à écrire. Julien se demandait s'il ne devrait pas renoncer à son exigence héroïque, faire surgir Orphée à la fin du troisième acte, ou Vénus, soudain jalouse d'Eurydice, mais cette capitulation le désolait. Et maintenant que le professeur leur parlait sans cesse des poètes maudits, sa tragédie l'ennuyait. Sans doute Julien avait-il eu tort de marcher sur les traces de Racine, Racine était écrivain à plein temps, peut-être conviendrait-il de ne composer que des poésies brèves, achevées en six jours, corrigées le dimanche, qui s'ajouteraient les unes aux autres dans un ordre incohérent. Poète ou tragédien ? Julien décida, dans le moment, de poursuivre à la fois les deux projets, pour retarder son choix. Plus tard, le jour de son anniversaire, il prendrait le parti d'être Racine ou Rimbaud.

XVIII

Quand viendra le temps où il changera le monde, il interdira les défilés militaires, les uniformes, les torses gonflés, les regards fiers. Il congédiera tous ceux qui commandent, il leur paiera des professeurs et des voyages pour qu'ils apprennent d'autres métiers. Il inventera des fêtes magnifiques, les tribunes d'honneur seront réservées aux clochards, les gens bien habillés serviront aux mendiants des repas aux mille desserts. Tous les signes de la supériorité, il les fera confisquer pour les remettre à ceux qui n'en ont pas, ou plutôt pour les brûler dans de grands feux de joie.

Quand il dirigera la France, il s'appliquera à lui retirer sa mine orgueilleuse, et le souvenir de ses victoires. Il lui enseignera patiemment à ne jamais se mettre en avant, à sourire, à tendre la main. Il l'emmènera vivre, là-bas, au pays des pauvres.

Il se demande s'il est honnête, s'il aime les malchanceux autant qu'il le croit, s'il déteste vraiment ceux que la vie a satisfaits. Et il réfléchit à d'heureux compromis. Appartenir au camp des vaincus puis, le dernier jour, le quitter soudain, tout conquérir, et porter témoignage pour les amis d'hier. Ou mieux encore, réussir comme aucun, accumuler les triomphes, et vêtu comme un empereur s'enfuir, un soir, sans prévenir quiconque, aller s'asseoir au pied d'une poubelle, un rien parmi les riens.

XIX

Il avait connu Éric au catéchisme. Éric y régnait par la beauté et par la force. Éric marchait tendu vers l'avant à la manière d'un fauve, bondissant, s'immobilisant, cherchant l'ennemi. Ses yeux noirs étaient brûlants de défis, il se battait à l'entrée et à la sortie du catéchisme, et dans la cour, et dans la rue, il provoquait les plus forts, les plus sauvages, ceux du moins qu'il jugeait dignes de lui, il criait en se battant, il ne cessait d'être vainqueur, et de vouloir de nouveaux combats. Tous le respectaient. Les prêtres s'arrêtaient pour le voir lutter, ils tardaient à intervenir, ils lui disaient d'arrêter, avec regret, presque avec tendresse. Julien ne l'admirait pas pour ses victoires, mais pour son aisance, Éric se moquait de tout, de ses vêtements déchirés, des attroupements dans la rue, il rentrait chez lui le visage ensanglanté, en chantant. Un jour il s'était approché de Julien, il lui avait tendu la main, et dit « Je veux me battre avec toi », il parlait avec douceur. Julien avait eu le sentiment d'être choisi, honoré. « Non... pas ici... », avait répondu Julien. Éric n'avait pas insisté.

Le mercredi suivant, après le catéchisme, il était revenu vers Julien, souriant, provocant, il lui avait chuchoté à l'oreille : « Viens chez moi... on se battra tranquilles... » Julien avait hésité. Il n'était jamais allé chez aucun camarade, et tout à l'heure il devrait expliquer son retard, inventer une histoire, mais Éric l'avait pris par la main et Julien l'avait suivi, ensemble ils avaient couru, sans mot dire, couru longtemps, ils avaient couru l'un à côté de l'autre, sans chercher à se dépasser, le même pas, le même souffle, ils avaient grimpé l'escalier, Éric avait sonné trois coups, une jeune fille était venue ouvrir, « Je te présente ma sœur... ne t'inquiète pas elle est habituée », un vestibule immense, des meubles noirs, très hauts, avec d'énormes potiches, un long couloir tapissé de tableaux, la chambre d'Éric, rien qu'un lit, et une chaise en guise de table de nuit, pas un objet, rien que l'on pût casser. Éric a posé la chaise sur le lit, maintenant il ordonne le combat : « Retire ta chemise... aucune règle... » Julien obéit, Éric a tant d'assurance que Julien n'a peur de rien, ni du ridicule, ni du temps qui passe, ni des marques sur le visage, ils sont face à face. « En garde », commande Éric. Un instant encore et ils seront mêlés.

Depuis un an ils s'étaient battus une fois par semaine, vainqueurs à tour de rôle, se départageant par des belles, décidant la revanche de la belle, attentifs à rester égaux pour être mieux rivaux, renonçant parfois à une prise victorieuse pour prolonger l'affrontement, ou feignant la défaite afin de rétablir l'équilibre. Le premier jour Julien avait redouté que quelqu'un ne les vît, mais il savait maintenant que la mère et la sœur d'Éric veillaient sur ses combats, les combats d'Éric étaient sacrés, le père était parti pour toujours, Éric était l'homme, il devait se battre, et leur devoir, à elles, était de l'y aider.

« Les femmes ne savent pas se battre, expliquait Éric, mais elles aiment le plus fort. » Julien n'écoutait pas, Éric appartenait à un autre monde qui fascinait Julien. A chaque rencontre ils n'échangeaient pas dix mots, juste ce que le combat rendait nécessaire, ils se regardaient, se défiaient, s'empoignaient, leurs corps se ressemblaient dans la lutte, ils aimaient les mêmes coups, les mêmes prises, ils retrouvaient certains nœuds et ils y reconnaissaient leur plaisir. Éric avait consenti à ce qu'ils s'épargnent le visage et le cou, il admettait que Julien ne pût être blessé, alors que ses marques à lui faisaient la fierté de sa mère et de sa sœur. De même il avait accepté que le combat ne durât jamais plus d'une demi-heure, le maximum de temps qui permît à Julien une explication plausible. En échange de ces concessions, Julien ne refusait aucune des modalités nouvelles qu'imaginait Éric pour accroître sa fureur. Parfois ils se huilaient l'un l'autre, avec de l'huile d'olive prise à la cuisine, avant de se mêler. Parfois ils luttaient dans la baignoire à demi remplie d'eau. Parfois Éric disposait sur le sol des pierres qu'il avait rapportées de la campagne, afin qu'elles pénètrent et marquent les corps durant l'affrontement. Ces complications effrayaient un peu Julien, il s'inquiétait quand Éric lui disait « J'ai un nouveau truc... ça va être terrible! ». Éric pouvait se battre à visage découvert, fier de ses blessures, tandis que Julien devait tout cacher, tout convertir en travail. Il se dissimulait quand il arrivait chez Éric. Quand il repartait, il attendait que la rue fût déserte pour s'y jeter. Mais le temps du combat il devenait un autre.

Ils avaient beau avoir envie de se retrouver, de se mêler, ils avaient beau être attentifs, pressentir, dans le corps à corps, ce que l'autre attendait, ils avaient beau, fini le combat, se soigner mutuellement, boire le même verre d'eau, ils n'étaient pas des amis, ils ne partageaient que le plaisir, ils n'auraient pas imaginé se voir autrement que pour se battre. Julien n'aurait rien osé dire de sa vie, Éric d'ailleurs n'y eût rien compris, il n'allait pas au lycée, sa mère faisait venir un prêtre qui l'enseignait à la maison, Éric se moquait du prêtre, et des livres, il était fier de ne pas travailler : « Je suis fait pour commander, et me battre, disait-il, comme un roi! »

Ils se battaient moins, depuis Noël. Ils ne l'avaient pas décidé, mais ils semblaient moins disponibles, moins pressés de se rencontrer. Plusieurs fois ils avaient sauté une semaine, sans même s'en apercevoir. Dans le combat, ils se donnaient moins de mal. Parfois ils restaient emmêlés, dans une position familière, ils détendaient leurs muscles, comme s'ils pensaient à autre chose, ils devaient se secouer pour retrouver leur ardeur, Éric poussait un cri, ou frappait sauvagement Julien, le combat reprenait un moment, puis retombait, Éric disait « On arrête », ils se dénouaient, ils restaient couchés l'un à côté de l'autre, les yeux au plafond.

Julien rêvait d'avoir une sœur, comme celle d'Éric, une sœur dans la pièce à côté, un peu plus âgée, plus grande, une sœur à laquelle il pourrait tout dire. Tout serait simple avec elle, le silence et les mots. Parfois, quand ils avaient fini de se battre, elle frappait à la porte. « Tu peux entrer », criait Éric. Elle posait par terre une bouteille d'orangeade, un verre et des gâteaux, elle les regardait tour à tour, épuisés, en sueur, elle ne posait aucune question, elle les admirait, elle les aimait, elle s'en allait sans rien attendre, Julien eût voulu une sœur comme celle-là, complice du fond de lui.

XX

Le téléphone le tourmente. Il ne sonne pas pour lui. En juillet, quand Julien est en vacances avec son père, sa mère ne lui fait aucun signe. Elle ne connaît pas même l'adresse de ce petit hôtel, au bord de la Manche, où son père et lui comptent les jours. La saurait-elle qu'elle n'écrirait pas. Pas de téléphone, bien sûr. Julien a compris que rien, d'elle, ne peut entrer chez le père. Quand il est chez elle, en août, dans la maison du Midi, le père n'appelle pas. Il s'enferme. Il n'existe plus. Ainsi en ont-ils décidé. Est-ce l'effet des vacances, des bains de mer, des siestes obligées de l'après-midi ? L'image de l'absent s'efface. En juillet, Julien ne voit plus sa mère. En août, le père disparaît. Ainsi leur est-il, tour à tour, parfaitement fidèle. Il se dit que la mort ce ne doit pas être plus compliqué.

Parfois, le jeudi, quand il est allongé sur le lit à côté de sa mère, le téléphone les surprend. Elle court à sa chambre, elle y reste de longues minutes, elle revient essoufflée. « Pardonne-moi mon amour », il n'a pas à lui pardonner, il l'observe, parfois joyeuse, parfois au bord des larmes, Julien voit le mal qu'elle se donne pour le retrouver. Il imagine qu'un homme doit la tracasser. Mais il ne veut pas y penser. Cela ne le regarde pas. Jamais elle ne l'a emmené dans sa chambre, peut-être à cause des photos, peut-être à cause du lit.

XXI

Il sait que, de soi, il ne parlera jamais ni à son père ni à sa mère. Mais il pourrait leur écrire. Écrire lui vient tout seul. Il ferme la porte, il tire les rideaux, il allume une petite lampe, juste de quoi éclairer sa page blanche, il prend l'un de ses stylos, de ses crayons, tous ses amis, des amis fidèles, indifférents. Les mots viennent ou ne viennent pas, cela n'a guère d'importance, s'ils viennent il les regarde avec sympathie, s'ils ne viennent pas il se fait une raison. Il attend, il rêve, il fabrique des cocottes en papier, il mâche le stylo, le temps qui passe promet d'être bienveillant, comme le silence, comme les objets qui lui tiennent compagnie, rien ne presse, Julien écrit, ou il écrira, les mots viendront forcément, grâce au papier, grâce au stylo, ce sont eux qui écrivent plus que lui.

Mais parler c'est effrayant. On l'observe, on le juge. Avant qu'il eût ouvert la bouche, on lui a arraché ses mots. Parler dans la vie c'est comme parler en classe, impossible de raturer. Les mots dits sont irréparables. Il peut s'excuser, supplier qu'on oublie, corriger les mots en se contredisant, les multiplier pour tenter de les noyer, rire pour les rendre insignifiants, rien n'y fait, c'est trop tard, ce qui est dit est dit. Ce qui est écrit n'est jamais écrit. Sa lettre il la fera cinq fois, dix fois, il la détruira sitôt finie, il recommencera, il l'a lue et relue, elle lui plaît, mais il peut encore la chiffonner, la jeter à la corbeille. C'est pourquoi il est tranquille, heureux.

Il sait bien qu'écrivant, il déforme, il exagère, il habille, il ment, et que s'il parle il risque de dire vrai. Mais il est contraint de vivre travesti, son père et sa mère aussi. Ce que l'on appelle ailleurs la vérité, chez eux c'est le début du drame. Ce n'est qu'à force de dissimuler que chacun peut sourire, et dormir. Les mots dits risquent de faire mal, sauf s'ils ressemblent à des mots écrits, s'ils se préparent, s'ils se corrigent, s'ils se déchirent avant d'être dits. Écrire est sage. Parler est fou.

XXII

Julien trouve les femmes étranges et s'en méfie. Le corps des femmes ne lui plaît guère, il y voit trop de formes rondes. Parfois il regarde leurs visages, leurs jambes, leurs cheveux surtout, mais le reste le tient à distance. Sur la plage il ferme les yeux. Il redoute les seins, et les ventres, les poils surtout lui font horreur. Deux années de suite, en classe, on lui a expliqué l'instinct sexuel. Cela viendrait tout seul, irrésistiblement, mais Julien s'inquiétait de ne rien éprouver encore. Certains camarades se vantaient d'embrasser des filles, il en serait incapable, il regrettait d'y être un jour contraint par la nature, par la vie, il eût préféré que cela ne vînt jamais, pas de femme, pas de maison. Mais il savait qu'il ne pourrait l'empêcher, et qu'il ferait comme les autres.

Il avait appris en sixième comment venaient les enfants. Jusque-là il avait cru que l'enfant naissait des baisers sur la bouche, ou des caresses de la nuit. La vérité était pire. Julien reprochait à Dieu d'avoir inventé des procédés si laids. Au mois d'août, quand sa mère l'emmenait sur la plage, elle s'habillait très pudiquement, toujours la plus vêtue, Julien lui en était reconnaissant, il pensait qu'elle suivait son goût à elle, mais aussi qu'elle veillait à lui plaire.

Son père nu sur sa mère nue, sa mère qui souffre, elle a les yeux fermés, le père est assis sur elle, le torse redressé, le torse ne touche pas les seins, cette image qui l'épouvante Julien la chasse, parfois elle revient, par ruse, quand il croise des jeunes gens qui s'embrassent ou deux chiens accouplés, alors il précipite son père en arrière, le père roule sur la moquette, Julien tire sa mère par la main, il la jette dans un cagibi, il l'enferme, il ne veut pas les voir ensemble, il ne veut pas qu'ils se touchent, il ne veut pas qu'ils soient nus.

XXIII

Tout séparait son père de sa mère : l'argent, les maisons, la table mise, la manière de s'asseoir, et de parler, et de vivre. Le jeudi, Julien se faisait différent. Il changeait de vêtements, et de gestes. Mais au fond le travail était le même, seuls les exercices changeaient. Il s'agissait pour lui d'être un enfant modèle. Chacun à sa manière, son père, sa mère lui apprenait que tout mouvement spontané était suspect, tout cri blâmable, et qu'il fallait, en toutes circonstances, bien se tenir. Julien ne s'était jamais assis sans se dire qu'il ne se posait pas à sa place, ou qu'il se posait mal. S'il franchissait une porte il la franchissait trois fois, il imaginait son passage pour bien le préparer, puis il passait, puis il regardait comme il était passé, dressant le constat de ses maladresses. Comment marcher, parler, vivre, sans déranger ? Se lever, s'excuser, sourire, toujours sourire, et se faire pardonner d'exister ? Vivre c'est une victoire de tous les moments sur la vie.

XXIV

Les vacances ressemblent au dimanche. Quand elles approchent, Julien veut les empêcher de venir. Quand elles sont là, il tâche de les bousculer. Un mois son père, un mois sa mère, tout est problème, problème tu, le départ, l'arrivée, le train, la valise, les vêtements, choisis, rejetés. Le pire jour est le 31 juillet, quand Julien passe de l'un à l'autre. Le père l'accompagne au train, sa mère vient l'y chercher, Julien voyage seul, il risque de prendre froid, ou de perdre son bagage, il pressent tout ce qui peut nourrir leur drame, il ment chaque fois qu'il est nécessaire, il n'arrête pas de les rassurer. En juillet, il marche sur la plage derrière son père. En août, il marche sur la plage aux côtés de sa mère. Le plus souvent il lit, seul, il fait ses devoirs, il rêve, il compte les jours. Il est heureux qu'ils s'accélèrent. Les vacances ce n'est pas du temps normal, elles sont faites pour s'en aller.

XXV

Son plaisir, l'été, c'est de nager. Il s'entend dire, trois fois par jour, qu'il doit être prudent, qu'il doit respecter le temps de la digestion, emporter un peignoir de bain, sortir de l'eau dès qu'il claque des dents, se méfier du vent, des rochers. Il écoute, il approuve, mais il a envie d'être imprudent, et surtout de ne pas penser au retour. Les vagues ne lui veulent aucun mal, qu'elles l'emportent au loin, ou qu'elles le roulent sur la plage. Son rêve est de les passer, d'aller là-bas où on ne le verra plus. Là-bas il sera seul avec la mer. Il se met sur le dos, il se laisse flotter, il parle à la mer, il lui récite des poèmes, il lui raconte ses projets, il lui parle comme il ne peut parler à personne, il remue le plus légèrement qu'il peut, il voudrait la caresser comme elle le caresse, il regarde le ciel, les mouettes folles, pressées de se réunir et de se disperser, il écoute les bruits du bout de monde, il est heureux. Personne ne peut plus rien lui demander, la mer l'aime comme il est, il tourne la tête, il voudrait en boire une gorgée pour lui dire son amitié, il grimace, mais qu'importe, il est libre de boire la mer, libre de n'importe quoi, il tend les bras et les jambes, il suspend son souffle, lentement il entre sa main dans son maillot, il fixe un coin du ciel.

XXVI

Cela aurait pu durer, durer jusqu'à toujours. Le dimanche ressemblait au dimanche, le jeudi recommençait le jeudi, les vacances passaient, et ce temps découpé, répété, reproduisait des anxiétés familières, des souffrances et des joies déjà vécues. Julien connaissait bien son rôle. Les transitions restaient difficiles, il redoutait les imprévus, mais ceux-ci devenaient rares, et il les préparait de mieux en mieux. Il veillait sur son père, sur sa mère, sur son travail. S'ils étaient satisfaits, tous les trois, la vie devenait bonne. Bien sûr, elle exigeait une attention toujours en éveil, d'infinies précautions, chaque heure le fatiguait. Mais au bout d'une journée, quand il s'enfermait dans sa chambre, s'il avait appris et récité toutes ses leçons, si son père l'avait embrassé sans que se lût, sur son visage, aucun tourment, si, la fenêtre ouverte, Julien avait imaginé, dans la nuit, de l'autre côté de la Seine, sa mère tenant un livre, souriante, distraite, si le lendemain n'annonçait aucune épreuve particulière, aucun risque de mauvaise note, alors il se reposait.

Qu'il se mît à sa table, pour ajouter quelques vers à son éternelle tragédie, qu'il restât debout, à regarder les étoiles, cherchant à élucider leur naissance et leur mort, apprenant à les reconnaître pour les retrouver une autre nuit, ou qu'il goutât ce temps qui précédait juste le sommeil, quand sa chambre se peuplait de mystérieuses personnes, allant et venant sans jamais s'asseoir sur son lit, chuchotant de douces confidences, la vie se confondait au rêve, elle lui devenait agréable au point même que, par vraie gratitude, ou par ultime précaution, il avait une pensée pour Dieu. Oui cela aurait pu durer, durer jusqu'au matin, jusqu'à ce qu'il devînt médecin, durer jusqu'à toujours.

II

I

Ce lundi, quand Julien sonna à la porte, vers midi trente, le père n'ouvrit pas. Julien patienta quelques minutes et il sonna à nouveau. Ce fut le pas traînant de la bonne qu'il entendit venir. Elle ouvrit à sa manière, d'abord le moins qu'elle pût, pour passer un regard, puis plus largement, juste ce qu'il fallait pour que Julien s'engouffrât. Elle désigna du doigt la chambre du père, et elle retourna s'enfermer dans la cuisine.

Julien alla poser ses affaires, et se laver les mains. Ce lourd silence ne le trompait pas. Tout, dans la maison, savait que le père était là, enfermé dans sa chambre, assis à son bureau, la tête entre les mains, ou debout devant la fenêtre, regardant l'immeuble d'en face.

Julien passa dans la salle à manger. Il hésita à appeler « Papa » d'une voix forte et cependant indifférente, à frapper doucement sur la porte, mais il choisit de rester sans bouger, serré à sa chaise, attendant sans paraître attendre.

Le père surgit brusquement, il dit « Je suis là »,

sans lever les yeux. Il s'assit, il dénoua sa serviette, plus rapidement que d'habitude, il ajouta « Je suis en retard, j'avais du travail ». Ils commencèrent à se passer les hors-d'œuvre, très vite, pour rattraper le temps perdu.

Le silence n'était pas le silence ordinaire, Julien n'osait le rompre, il n'osait non plus regarder son père, il devinait le front serré, les lunettes avancées sur le nez. Ils mangeaient ou ils faisaient semblant.

La bonne apporta le plat principal, « Le riz est froid », murmura le père à la première bouchée, il se le dit à lui-même, il ne voulait aucune réponse, Julien hocha la tête, oui le riz était froid.

Le père n'attendit pas le dessert. Il replia sa serviette, en deux, en quatre, en huit, il but d'un trait un grand verre d'eau, il se leva et, regardant pour la première fois Julien, il lui dit :

« Je voudrais te parler. »

Il corrigea aussitôt :

« Non... plus tard... »

Julien remua la tête, un peu, comme au lycée, pour dire son accord, son accord à tout, il ne savait s'il devait rester assis ou non, il souleva un peu son derrière, et il resta figé dans une position qui lui parut ridicule.

Maintenant le père se tenait debout, dans l'embrasure de la porte. Julien comprenait qu'il avait quelque chose à dire, quelque chose qui ne venait pas.

« Nous sommes bien... tous les deux... »

Ces mots Julien eut l'impression de ne pas les

avoir entendus quand ils furent prononcés. Il en prit conscience après que le père eut refermé la porte, et regagné sa chambre. « Nous sommes bien... tous les deux », le père avait hésité, un long temps au milieu de sa phrase, « tous les deux » il l'avait ajouté très vite, la voix baissée. Julien se reprochait de n'avoir pas répondu, il eût dû approuver d'un regard, mais le père était déjà parti. « Nous sommes bien... tous les deux... », le père n'eût jamais dit cela s'il ne se passait pas quelque chose. Le père n'était pas venu ouvrir la porte, il s'était tu tout le temps du repas, il n'avait pas attendu le dessert. Julien sentait que le monde tremblait, et que son cœur battait vite.

Il alla prendre son cartable. Il claqua la porte de l'appartement. Dans la rue, il marcha d'un pas sec, régulier, les yeux fixés sur ses chaussures, tel un automate.

II

Le soir, tout redevint comme avant. Vainement il épia sur son père la moindre trace. Pas un mot qui rappelât le déjeuner, pas un signe du visage, Julien avait longuement réfléchi à ce qu'il dirait, quand le père viendrait l'embrasser dans son lit, pour l'apaiser sans rien remuer.

« Je suis bien », dit-il au père. Il corrigea aussitôt : « Je vais bien », et il se mit à rire afin d'éviter une réponse. Le père parut ne pas entendre, Julien lui passa les bras autour du cou, il le faisait de temps à autre, le père ne pouvait s'étonner.

« Dors bien », conclut le père, du ton de tous les soirs.

III

Julien dormit mal, il se leva fatigué. La rue semblait grise, poisseuse. Il pleuvait vaguement. « Tu es malade », lui dit Cochard dans la cour du lycée. Julien ne répondit pas, il se mit à sourire, comme sur les photos, il sourit à Cochard, il sourit à Feldman qui lui rendit son sourire, à Ribaud qui ne s'en aperçut pas, à tous ceux qu'il croisa. Il avait eu tort de mal dormir ; « Tu devrais dormir davantage », lui répétait sa mère. Elle le disait chaque fois qu'elle bâillait.

La matinée le surprit heureusement. Interrogé en sciences naturelles, Julien sortit, d'un trait, le texte appris. Pas un mot ne lui manqua. « Vous parlez trop vite, observa le professeur, mais vous savez votre leçon. » Julien s'étonna qu'à l'instant même où il s'était mis à réciter, sa fatigue eût disparu. Il réfléchit sur le temps de sommeil dont il avait besoin. Son père, sa mère dormaient trop, elle surtout, plus elle dormait plus elle bâillait.

Quand le professeur d'histoire donnait les résultats de la composition, il commençait en proclamant le nom, la note du dernier : « Vingt-septième... avec 2 sur 20. » Le professeur faisait attendre ce moment, il prolongeait l'attente, puis, le nom prononcé, il regardait ce lamentable dernier, avec insistance, jusqu'à ce que tous le regardent. L'humiliation, jointe à l'échec, devait inciter au travail. Après quoi le professeur remontait du dernier au premier, il se promenait entre les bancs, il se régalait, parfois il feignait de buter sur une syllabe commune à plusieurs patronymes pour nourrir l'anxiété, parfois il se trompait sur un nom, il s'excusait, il corrigeait, sa voix devenait plus forte quand il atteignait les meilleures places, Julien aimait cette angoisse croissante. Venaient enfin les cinq premiers. A ce moment, l'inquiétude, les hésitations du professeur, sa voix devenue presque dramatique procuraient à Julien de fortes émotions, des émotions liées au travail, des émotions pures.

En général, Julien devinait sa place dans les dernières secondes. Il se savait troisième, ou second, ou premier, il se trompait rarement. Il se demandait d'où lui venaient ces pressentiments, si l'esprit du professeur lui parlait secrètement, ou s'il avait reçu les dons d'un prophète. Ce matin-là il sut qu'il était premier en histoire, il le fut, mais il dut aussitôt mettre sa joie de côté, car le professeur le fixait avec insistance, commentant la copie d'éloges exagérés, « une excellente composition », « un modèle de composition ». Julien enviait Feldman d'accueillir si facilement le succès, Feldman paraissait ne pas s'en apercevoir, tandis que lui, il s'embarrassait dans les attitudes, il baissait les yeux, il essayait de parler à Cochard, il cherchait un comportement qui fût digne, et modeste, il se trouvait maladroit, mais cela durait peu.

Cette composition sur l'avènement de Napoléon Ier, Julien était certain de l'avoir réussie. Il admirait ce Bonaparte dont, à beaucoup d'égards, il se jugeait très proche. Mais il ne pouvait l'avouer. Le professeur d'histoire méprisait Napoléon qu'il appelait le liquidateur de la Révolution, Feldman aussi le jugeait sévèrement, « un dictateur » assurait-il.

Ce n'est pas aux guerres de Bonaparte que Julien s'intéressait. Comme Feldman il pensait qu'un général ne peut faire tuer des soldats qui ne le souhaitent pas, les victoires des généraux le laissaient indifférent. Ce qui l'émerveillait, c'était l'expédition d'Égypte, le fantastique projet, l'aventure, les savants emmenés, le discours au pied des Pyramides. Il eût voulu à son tour partir là-bas, en cachette, surgir soudain, parler au monde. Il aimait aussi le siège de Saint-Jean-d'Acre, la maladie et le désert, Bonaparte déchiré entre la peste et son destin, lui, il serait resté avec ses soldats mourants, mais précisément ce qui le fascinait chez Bonaparte c'était ce génie du départ et du retour, le retour d'Égypte, le retour de l'île d'Elbe, le voyage de clocher en clocher. Julien se sentait seul, comme Bonaparte, résolu comme lui, secret, héroïque, il avait la plupart des vertus de son modèle, mais il était incapable de partir. Bonaparte aimait sa mère, et pourtant il l'avait quittée. Sans doute la mère de Bonaparte était-elle plus solide que la sienne, sans doute savait-elle que son fils devait accomplir un glorieux destin, elle s'y soumettait, tandis que sa mère à lui n'y pensait pas, elle était trop fragile et il ne pourrait la laisser seule. Alors Julien se tournait vers Rimbaud, et Rimbaud venait à son secours, Rimbaud lui disait que le génie précède les voyages, que partir ne signifie rien. D'une certaine manière Julien se sentait plus proche de Rimbaud, capable de l'égaler. Mais c'est à Bonaparte qu'il eût rêvé de ressembler.

IV

De nouveau ce fut la bonne qui ouvrit. Elle bredouilla que le père avait reçu la visite d'un monsieur parti très vite. Elle tendit à Julien un papier écrit du père : « Déjeune sans moi. A ce soir. » Dans la salle à manger les deux couverts étaient mis. Julien resta un moment, son papier à la main, hésitant à déjeuner. Il plia le papier en deux, en quatre, comme la serviette du père, il le mit dans sa poche. Il se servit un verre d'eau, il le prit d'une main, de l'autre il saisit le ravier rempli de thon à l'huile, son hors-d'œuvre préféré. Et il alla s'enfermer aux waters.

Aux waters, il a l'habitude de rester aussi longtemps qu'il peut. Il aime ce monde clos, la seule pièce où il perçoive, si proches de lui, les murs et le plafond qui l'enferment et le protègent. Plus tard, il achètera une maison qui ressemblera à des waters, avec des oreillers, des couverts, quelques provisions, des livres à portée de main, une maison chaleureuse, sans espaces vides, sans gestes gaspillés. Là, il pourra réfléchir, faire des projets. Julien n'aperçoit que deux manières d'échapper à ses problèmes, partir ou s'enfermer. Tantôt il voudrait s'enfuir, traverser les océans, réapparaître sur un continent inconnu, entre le soleil et l'eau, enfin seul, avec, pour les observer, des animaux mystérieux qui surgiraient et s'enfuiraient pour ne jamais revenir. Tantôt il voudrait réduire l'univers aux dimensions de ses waters, un univers minuscule, fermé, bien à lui. Libre là-bas, il crierait ses poèmes dans la nuit, il danserait sous les étoiles. Enfermé ici, il pourrait enfin poser sa tête, dormir tranquille.

V

Il eût voulu toujours se taire. Ne parler de rien qui lui tînt à cœur, de rien qui touchât aux autres, à ceux du moins qu'il aimait, ne parler que des banalités de la vie. Julien n'avait jamais parlé de son père, jamais parlé de sa mère, ni à Feldman, ni à Cochard, ni à personne, il semblait orphelin, il taisait sa tragédie, il cachait qu'il se battait avec Éric, il deviendrait Président de la République sans l'avoir avoué à quiconque.

Ainsi était son père. Ainsi était sa mère. Le silence, pour son père, exprimait un devoir, une loi morale enveloppant toutes les vertus. Le courage, la discrétion, la décence obligeaient à se taire. Se taire si l'on était heureux, se taire si l'on était malheureux. Parler de soi, parler des autres, c'était forcément mal faire. Sa mère tenait plutôt le silence pour une attitude, un attribut nécessaire de la distinction. Rien ne lui paraissait vulgaire comme une confidence. Se taire, c'était se tenir bien. Julien, lui, se taisait comme il respirait. Il ne pouvait faire autrement.

Mais il savait que, pour rester silencieux, il lui faudrait, toute sa vie, parler beaucoup. Il était passé maître en formules vagues, gentilles, et en sourires, qui tenaient les autres au loin, il posait à ses camarades des tas de questions, il n'écoutait pas la réponse, mais en situation de questionneur il évitait d'être interrogé. Il se dépensait en confidences permises, sur son travail, sur ses auteurs préférés, il savait que pour être muet sans déplaire il devait être bavard, il l'était. Il passait pour aimable, prévenant. Nul ne s'apercevait qu'il n'avait jamais rien dit.

Aujourd'hui, si son père voulait lui parler, ce ne pouvait être que de ce qui devait être tu. Sinon le père eût parlé, sans prévenir, comme les autres jours. Il n'eût pas choisi ces mots solennels qui annonçaient un discours interdit. Julien se répétait les mots du père. « Je voudrais te parler... nous sommes bien... tous les deux... », ces mots parlaient forcément de sa mère, et ils parlaient contre elle. Julien se demandait quel événement avait pu secouer le père, l'obliger à ces mots-là, comment son père était devenu, en quelques heures, assez malade pour s'arracher au silence, pour bousculer, d'un coup, leur équilibre à tous les trois, leurs secrets protégés, leur absence convenue, pour tout saccager.

Quand il fut couché, Julien décida de prier Dieu afin que son père ne lui parlât de rien, afin que les mots déjà dits fussent effacés, comme des péchés. Il promit, en échange, de travailler mieux, de ne plus mentir. Il lui sembla que Dieu l'écoutait. Il s'endormit.

VI

Dès que quelque chose se déréglait, Julien pénétrait dans la chambre de son père. Il n'aurait jamais osé y entrer en temps normal, mais s'il se sentait inquiet, même sans raison, une sorte de devoir mauvais le contraignait, et il passait la porte interdite.

Pas un objet qui traîne, pas un papier. Le lit bien tendu, froid, comme si personne n'y avait jamais couché. Sur le bureau rien que l'encrier et le buvard, côte à côte mais s'ignorant. Seules les deux chaises ont dû bouger parfois, dans l'espace qui sépare le bureau du lit. Le père ne tolère pas le moindre désordre, il exècre les appartements encombrés. Un lit une table une chaise, que faut-il de plus pour vivre! Dans les autres pièces il a fait des concessions, pour respecter les usages, pour caser les souvenirs de famille, pour son fils. Mais sa chambre lui appartient, et elle doit lui ressembler.

Julien vérifie qu'aucun bruit ne vient de la cuisine. La bonne attend, assise, que le temps passe. Il pénètre, comme un voleur, avec d'infinies précautions. Il ouvre successivement les quatre tiroirs du bureau qu'il a déjà fouillés une bonne dizaine de fois, le père ne les ferme pas car il n'y met que des factures, des reçus, des quittances, ses secrets il doit les cacher ailleurs, dans une banque, ou chez un spécialiste. Julien imagine des milliers de lettres, classées, enfermées dans des boîtes, avec des tas de cadenas, ces lettres il les cherchera un jour, quand il sera en âge de tout élucider, pour le moment il ne se reconnaît le droit que d'ouvrir le bureau, le bureau est vide, toujours vide, comme la chambre, et le père les laisse ouverts pour signifier que jamais, ici, rien ne parlera de rien.

Julien est venu avec un balai, il se couche par terre, il passe le balai sous le lit. Il remue les grands rideaux de velours vert, il retourne les chaises, puis il passe la main sur les murs, dessinant des circonférences. Il continue, hissé sur une chaise qu'il déplace de mètre en mètre afin qu'aucun morceau de mur n'échappe à son examen, il ne se fait aucune illusion, il sait qu'il ne trouvera rien, mais il doit poursuivre sa recherche, jusqu'au bout. Il ne pourrait ni travailler ni réfléchir s'il n'était pas allé au bout de son devoir.

Dès la première fois où il avait fouillé le bureau du père, il avait découvert, au fond du plus bas des deux tiroirs de gauche, une boîte en argent, fermée à clef, ornée d'une tête de sphinx. Il l'avait remuée, elle semblait vide. Il avait résolu de ne pas l'ouvrir.

Il la prend dans sa main, il l'observe, devant la fenêtre, au bout de son bras tendu, comme si la lumière pouvait la rendre transparente. La boîte est devenue mystérieuse, comme la chambre, comme le père, comme les mots du père. Julien la secoue furieusement pour qu'elle avoue quelque chose, elle se tait, il la lance contre le mur, il regrette, il va la chercher, elle ne porte pas la moindre trace, il l'embrasse, il la supplie de s'ouvrir, juste le temps de voir, il promet de ne rien toucher, elle reste impassible, il tente d'écarter le couvercle avec ses ongles, il se précipite dans sa chambre pour revenir armé d'un stylomine, le stylomine casse et n'ouvre pas, il colle la boîte sur ses yeux fermés. Sa mère, sa mère en maillot de bain, les jambes écartées, derrière elle l'océan, elle sourit, elle montre du doigt le photographe, le père, elle rit maintenant, le père aussi rit, il a peur que la photo ne soit ratée, il pose l'appareil sur le sable, ils se prennent par la main, ils courent vers la vague, Julien veut briser la boîte, il la tape violemment sur le bureau, grimpé sur une chaise il la jette dans la rue par la fenêtre ouverte, aussi loin qu'il le peut.

Il a le cœur qui bat fort quand il remonte l'escalier, la boîte dans la poche. C'est miracle qu'il l'ait retrouvée, toujours fermée, qu'elle n'ait aucune bosse. Il la remet à sa place, bien au fond, il ferme le tiroir, il installe soigneusement les deux chaises, les pieds dans les marques de la moquette, il remue les rideaux jusqu'à ce qu'ils retrouvent leurs plis. L'ordre est revenu. Et le silence. Julien a conscience d'avoir fait ce qu'il a pu. Sa vie lui semble impossible à ouvrir. Comme la boîte. Il se demande s'il ne devient pas un peu fou.

VII

Sur la plate-forme de l'autobus, il se remémorait tous les signes rassurants de ce jeudi matin. Son père avait ouvert la porte, sans le faire attendre, avec le visage des bons jours, presque un sourire, il avait tendu le thermomètre, et il l'avait repris, comme à l'ordinaire, « trente-six sept », le père avait lu la température à voix haute, d'un ton qui semblait satisfait.

Les maisons défilaient, un vent doux se prenait à souffler quand l'autobus s'emballait, feu rouge ou feu vert, Julien pariait à chaque feu et ce matin il allait de victoire en victoire, une dame aimable lui adressait des sourires, il rêvait d'un autobus qui traversât le désert et s'arrêtât au bord d'une oasis, le temps de boire.

Sa mère était vêtue d'une longue robe mauve, celle qu'il aimait par-dessus toutes, un vêtement vague, qui se tenait loin du corps, qui traînait au sol, presque une robe de bal. Elle le serra dans ses bras mieux que d'habitude, elle lui passa longuement la main dans les cheveux en répétant

« Julien... Julien... », comme dans un murmure, il ne bougea pas, pour ne pas la déranger.

Le temps du déjeuner ils n'échangèrent que des mots insignifiants. Il mentit en assurant qu'il aimait le rôti de veau, voilà longtemps qu'il en était dégoûté, mais comment le dire, un jeudi sur trois le rôti de veau faisait partie de la fête.

« Julien reprends-en... tu l'aimes tant... »

Il en reprenait, sa mère connaissait forcément ses goûts. Il se demandait si, toute sa vie, il devrait aimer le rôti de veau.

L'après-midi, ils le passèrent ensemble allongés sur le lit, à lire, ou à faire semblant, elle s'endormit deux ou trois fois, quand elle lui parut sur le point de s'éveiller il se pencha sur elle, il savait que c'était son plaisir à elle qu'il fût sa première image, et c'était devenu le sien.

Ils prirent le thé comme d'habitude, se tenant la main, comptant les minutes. Comme d'habitude, ils traversèrent le salon, sans mot dire. Ils descendirent l'escalier.

Quand elle le serra dans ses bras, il vit qu'elle était embarrassée. Elle le retint, elle le couvrit de baisers minuscules, elle avait les yeux au plafond comme pour y chercher des mots :

« On t'a parlé ? »

Elle avait dit cela d'une voix timide. Elle tenait la porte d'entrée, prête à l'ouvrir, retardant le moment, il resta comme dans ses rêves, impossible de faire un geste, il ramassa tout ce qu'il lui restait de force pour hocher la tête, encore hocher la tête, elle se jeta sur lui, elle le serra nerveusement, des gestes maladroits dont il ne voulait pas, des gestes bavards, elle répétait « Nous ne nous quitterons plus... nous ne nous quitterons plus... », il la repoussa, le plus gentiment qu'il put, trop fort, elle fut surprise, il s'excusa, « Je suis en retard », il ne voulait plus que partir, retourner là-bas, son père l'attendait là-bas.

VIII

Quand il arriva tout essoufflé, sur le palier, il vit la porte ouverte, il sut aussitôt que le drame avait envahi la maison. Il n'eut pas le temps de se composer une attitude. De sa chambre le père lui cria :

« Viens. Viens tout de suite. »

Julien referma la porte, il s'avança à tout petits pas, cette fois le père hurla :

« Je te dis d'entrer. »

Le père était debout, adossé au bureau, les genoux serrés, il tenait à la main un papier bleu, l'autre main était enfoncée dans la poche. Julien ne voyait du visage que les lunettes, elles occupaient tout le visage, le reste semblait effacé par la nuit qui commençait de tomber, c'était son père des plus mauvais jours.

« Elle veut te reprendre... »

Le père parlait d'une voix saccadée, lointaine, il ne parlait pas à Julien, il prenait le monde à témoin.

« Elle veut te reprendre... et cela ne se peut pas. »

Il répéta :

« Cela ne se peut pas. »

Il leva les yeux sur Julien, Julien esquissa un sourire, puis élargit le sourire, le père parut s'apaiser, il jeta le papier bleu face à lui, sur le lit. Comme pour prendre des forces, il gonfla lentement la poitrine. Il corrigea sa voix, il voulut donner à ce qui venait la tournure d'un avertissement, d'un avertissement à son fils, il dit :

« Elle m'assigne.

– Je comprends », répondit Julien, il ne comprenait pas grand-chose, il ne pensait qu'à soulager son père, et que cela se termine.

« Elle n'a pas le droit de te reprendre... elle n'en a pas le droit. »

C'était fait, il avait dit l'essentiel, il était apaisé, il tenait ses lunettes des deux mains, il les serrait brutalement, il les avançait, il les reculait, comme un professeur, chaque pression des mains aidait les mots, les mots venaient par les lunettes.

« Quand elle est partie, je t'ai gardé... c'était la condition de son départ, la condition... la condition... elle n'a pas le droit de te reprendre. »

Il parlait comme un télégramme, pour en dire le plus possible en très peu de mots.

Julien a fermé les yeux. Sa mère a couru dans l'escalier, le père a voulu la rattraper, mais elle court trop vite, elle vole au-dessus des marches, comme un oiseau, elle est loin dans la rue, le père s'arrête, il remonte, il va voir l'enfant, l'enfant dort, l'enfant feint de dormir, il a sûrement tout entendu, les cris, les reproches, la course dans l'escalier, le père s'est agenouillé au bord du lit, « Je t'ai gardé... tu comprends... je t'ai gardé... », il passe sa main sur le front de l'enfant, il écoute son souffle, oui l'enfant dort. Quoi qu'il arrive il gardera l'enfant.

Julien veut sortir de la chambre. Chaque mot, chaque intonation, tout ce qu'a dit son père, il le sait par cœur, il le saura toute sa vie, rien ne sera plus comme avant, ni son père, ni sa mère, ni le jeudi, ni le dimanche.

« Maman m'aime. »

Le père a remué les lèvres, mais il n'a rien trouvé à répondre. Il paraît assommé. Julien voudrait s'excuser. Il se souvient d'une phrase du professeur de français, une de ses phrases préférées :

« Il faut tout comprendre... »

Il l'a dit, et il regrette aussitôt ces mots qui ressemblent à une leçon.

Du menton, le père lui a fait signe de sortir. Ils ne peuvent pas se quitter comme cela, impossible de se quitter en colère, Julien avance d'un pas, le visage redressé, comme pour offrir ou recevoir un baiser, il reste suspendu, le père lui montre la porte, d'un geste ordinaire de la main, le père a retrouvé son calme, un calme glacé.

« ... Va dans ta chambre... »

Julien passe la porte. Il est sur le point de la refermer quand le père ajoute, enflant la voix :

« Elle peut t'aimer... cela ne l'empêche pas d'être une putain. »

IX

Julien feignit de toucher à son repas. Puis il descendit dans la rue, imprudemment, il attendait d'habitude que son père dormît, ce n'était pas encore la vraie nuit, c'était l'heure où les gens sortent pour dîner. Julien leur trouvait l'allure insolente, il ne les aimait pas à ce moment de la journée, le silence et les étoiles viendraient plus tard, il reviendrait avec eux. Il rentra. Le père dormait. Julien s'étendit tout habillé sur son lit, la fenêtre grande ouverte.

Il eût voulu réfléchir, et il ne le pouvait pas, comme si sa tête était hors d'usage. Tous ses efforts accumulés, depuis si longtemps, cet équilibre sur lequel il avait fiévreusement veillé, ce découpage méticuleux du temps, tout son travail jeté à terre... Il ne reconnaissait plus rien, plus de jour, plus de maison.

Que sa mère fût partie, que son père l'eût gardé, cela ne comptait pas, rien de mal dans ce partage, le père pour garder, pour réfléchir, pour décider, sa mère pour rêver, aimer, c'est sur ce partage que

Julien avait construit sa vie, leur vie à tous les trois, et maintenant le drame occupait toute la place, les mots qui déchirent, les visages tourmentés, les silences trop lourds, tout ce qui lui faisait horreur. Que sa mère eût besoin des hommes, cela non plus n'importait pas, elle était trop belle, trop sensible, il lui fallait une épaule, un bras, elle ne pouvait voyager seule, porter sa valise, ni dîner seule au restaurant, cela ne regardait pas son père, son père devait travailler, tenir son rôle, il n'avait pas le droit de parler de sa mère, pas le droit de la juger. Si le père l'avait aperçue habillée en putain, il devait garder le secret, il devait se taire, se taire, leur seule loi à tous les trois. Et voici qu'ils étaient tous trois jetés dehors, fiévreux, perdus.

X

Au matin, il alla guetter Cochard devant la porte de sa maison, ce qu'il n'avait jamais fait. Un quart d'heure passa, il craignit que Cochard n'eût pas couché chez lui, ou qu'il fût parti plus tôt, Julien se trouvait grotesque, flanqué devant cette porte, il se préparait à s'enfuir quand Cochard surgit.

« Qu'est-ce qui se passe ? »

Il se passait que le grand-père de Julien était mort, l'un des grands-pères, dont il n'avait jamais parlé, un grand-père très malade, depuis très longtemps, on l'enterrait justement ce matin et Cochard serait gentil d'expliquer tout cela au professeur de français et au surveillant général, de leur préciser que Julien serait de retour dans l'après-midi, Cochard avait bien de la chance d'avoir encore ses deux grands-pères, rien n'était triste comme de les perdre. Julien aurait voulu pleurer, car il n'était pas sûr que Cochard le crût, Cochard écoutait, il s'éloigna sans un commentaire, sans un mot de condoléances, il avait traversé la rue quand il se retourna, il aperçut son camarade immobile, il lui lança « C'est d'accord », rien d'autre, pas un sourire. Julien resta désemparé, sur le trottoir, avec ses mensonges et son grand-père mort.

Il entra dans le bistrot voisin, s'étonnant de son audace. Il but un café puis un second, il se reprochait son histoire de grand-père, une grippe eût largement suffi, toujours il en faisait trop pour se justifier, il exagérait les précautions. Il promit de se corriger et il marcha vers l'autobus. Jamais il n'était venu chez sa mère hors des jours autorisés et sans que son père le sût, il avait conscience de faire mal, il ne pouvait faire autrement, il était poussé par une volonté venue d'ailleurs qui ne lui laissait aucun choix.

Il avait décidé qu'il se jetterait dans les bras de sa mère sans un mot, un vendredi elle s'inquiéterait, elle l'interrogerait, ou, d'elle-même, elle parlerait. Il ne voulait surtout rien préparer, il savait que s'il apprenait par cœur même une phrase, une entrée en matière, il s'affolerait, il descendrait de l'autobus. Il s'était installé sur la plate-forme, pour être serré, bloqué, il comptait les hommes et les femmes dans la rue, il imaginait leur métier, leur maison, il les regardait dormir ou prendre leur douche.

Il était neuf heures précises quand il sonna. En août, sa mère se levait à dix heures. « A Paris, je me lève à huit heures », elle le lui avait souvent précisé, avec un grand soupir, pour dire la tristesse de Paris et le courage dont elle était capable. Il avait exactement mesuré l'heure à laquelle il sonnerait, pour ne pas la réveiller, pour lui laisser le temps du petit déjeuner, et de la toilette, de sa longue toilette, mais pas davantage. Il ne pouvait attendre au-delà.

Le maître d'hôtel parut surpris, plus surpris encore que Cochard, « Je vais prévenir Madame ». Il ouvrit à Julien la porte du salon et il disparut, comme effrayé par sa mission. Julien reste planté au milieu de la pièce, perdu dans le silence, il se demande ce qu'il vient faire, quelle folie l'a mené, il n'a pas le droit de venir un vendredi, pas le droit de mentir à son père, à Cochard, à quiconque, il n'a pas le droit d'être ici, il voudrait disparaître, revenir en arrière, se retrouver au lycée récitant sa leçon. Sa mère ouvre soudain la porte, elle est en robe de chambre, il ne connaît pas cette robe de chambre de soie blanche, sa mère il ne l'a jamais vue, ici, à cette heure, elle lui sourit, pas le moindre étonnement, pas le moindre reproche, il se jette dans ses bras, il la couvre de baisers, elle répète « Julien... Julien... », elle le tire de la peur, il répond « Maman... maman... », elle rit, et il rit, elle se couche par terre, sur le grand tapis du milieu, il se couche sur elle, et ils roulent l'un sur l'autre, riant, jouant comme des enfants.

Julien est étendu sur le tapis, les yeux au plafond. Elle est assise sur les jambes de son fils, sans peser, elle prend appui sur les genoux. Elle se redresse un peu, elle remet en ordre sa robe de chambre, elle lui passe la main sur le front, d'un geste régulier, comme pour chasser des soucis, elle comprend qu'il soit venu, il a bien fait de venir, elle l'attendait, elle avait senti, hier, qu'il voulait parler, elle aussi elle avait voulu parler mais elle n'avait osé, oui il a bien fait de venir, cette maison est la sienne, il n'est pas chez sa mère, il est chez lui, elle a deviné que, là-bas, on l'a mis au courant du procès, on avait eu raison ou tort, peu importait, il n'y avait malheureusement pas d'autre solution que ce procès, ce procès était douloureux, mais nécessaire, tous les enfants vivent avec leur mère, leur mère est créée pour eux, demain ils vivront, elle et lui, comme les autres, ensemble, heureux, plus question de surveiller l'heure, ensemble le jour et la nuit, comme tous les enfants et toutes les mères, elle lui embrasse le front au bout de chaque phrase, il ira là-bas chaque jeudi, et beaucoup de dimanches, elle est prête à toutes les concessions, elle a offert les mois de juillet et d'août, deux grands mois de vacances, alors qu'elle n'a jamais vu son fils que le jeudi et un petit mois d'été, c'est fini ce temps monstrueux, il ira là-bas aussi souvent qu'il voudra, mais la vie sera ici, ils déjeuneront ensemble, elle le conduira au lycée, elle fera ce qu'il lui plaît, tous les psychologues sont d'accord pour dire que les enfants doivent être élevés par leur mère, cajolés par leur mère, aucun enfant ne vit chez son père, c'est ainsi, c'est la loi de la nature, la répartition des tâches depuis l'origine, les hommes ont d'autres métiers, les juges décideront dans un mois, mais elle a confiance, ils savent lire dans le cœur des enfants, je t'aimerai à tous les moments, tu m'aimeras quand tu en auras le temps, à nouveau elle s'est couchée sur lui, de ses lèvres elle effleure la joue, le front, la bouche de son fils, elle lui caresse le visage de ses cheveux, leurs cœurs battent l'un contre l'autre. Il ferme les yeux. Il regarde la chambre vide de son père.

XI

Julien et sa mère sont face à face, dans la salle à manger, de chaque côté de la grande table. Le maître d'hôtel a disposé entre eux, sur la nappe blanche, les pots de porcelaine bleue, des grands, des petits, toute une famille, et des boîtes d'argent, et des assiettes cachant, dans des serviettes de dentelle, les toasts et les croissants. Ils sont pris dans les gestes, le sucre, le beurre, les confitures, un peu plus de café, encore un peu de lait, ils manipulent en silence tous les instruments de leur fête, ils échangent des sourires, et quelques mots utiles. « Goûte celle-ci, c'est la meilleure... » « C'est bizarre de mettre du beurre sur un croissant », son croissant il n'ose le plonger dans le café car sa mère désapprouverait cette mauvaise manière, quand il prend, seul, son petit déjeuner il trempe le croissant tout entier, puis il le couvre de confiture, parfois un morceau s'effondre, se noie, Julien le ramasse à la cuillère, il aime ce mélange. « Tu es heureux », lui dit sa mère, pour couper le silence. Il calcule qu'il a avalé, depuis ce matin, cinq tasses de café, il hoche la tête, oui il est heureux, à ce moment, mais ce moment n'est pas la vie. Il tourne son regard vers les grandes fenêtres trop bien habillées, cette maison ne ressemble pas à la sienne, il regarde sa montre, il ne cesse de regarder sa montre, le temps va trop vite, ou trop lentement, sa mère n'aurait pas dû partir, ils auraient vécu tous les trois dans une grande maison, celle-ci, une autre, chacun dans sa chambre, jamais de repas ensemble, chacun servi dans sa chambre, tout aurait été simple, mais elle était partie, et son père et lui ils avaient dû construire le monde, les rythmes, les mots, les attitudes, les menus, et maintenant elle démolissait tout, par amour, aimer c'est arracher, c'est détruire, plus tard il n'aimera personne, il ne veut faire de mal à personne. Elle insiste, en lui passant la confiture d'abricot :

« Tu es bien ici ? »

Il répond « Oui », et d'un regard il renforce son oui. Il a toujours dit oui à sa mère, il ne peut supporter qu'elle soit triste, la tristesse n'est pas faite pour elle, lui il peut être triste, il se débrouille. Il s'entend dire « Maman je suis bien ici », elle tend la main au-dessus des pots de porcelaine, il tend la sienne, ils se penchent en avant, leurs mains ne se rejoignent que du bout des doigts, ils transportent leur tendresse au bout des doigts qui se frôlent, elle éclate de rire, « Nous serons bien tous les jours », il la regarde rire, il s'applique à chasser les autres images, il tord sa cuillère pour s'empêcher de réfléchir.

XII

Un long moment il est resté, dehors, sous la pluie, à regarder la maison de sa mère, à imaginer les mouvements de sa mère, dans la salle de bains où elle se coiffe, les sourires qu'elle échange avec sa glace. Cette maison, il la voit comme un touriste, il l'aime les jours de visite, tout lui plaît, mais tout lui reste étranger. Cette maison n'est pas née pour qu'il y vive. Jamais il n'y sera chez lui. Il a peur du temps qui se prépare. Son père marche de long en large, il s'impatiente, sa mère tourne dans sa chambre, elle s'étire en bâillant, et lui il doit veiller, il doit prévoir, il doit empêcher le désastre, il n'en a plus la force, il leur en veut. Le père n'avait qu'à la rendre heureuse, elle n'avait qu'à ne pas s'en aller, ils n'avaient qu'à ne pas se rencontrer, ils n'avaient qu'à vivre sans enfant, ou mourir avant qu'il les eût aimés, le laisser tranquille, tous les autres enfants avaient la paix, et le droit de rire, lui on l'avait obligé à toujours épier le visage du père, le visage de la mère, à peser leur bonheur, et maintenant il était fatigué, fatigué d'eux, de tout, il voulait partir, très loin, sur une autre planète, sur une étoile invisible. Il arriverait là-bas des années-lumière en arrière, pas de parents, pas de passé, rien que des pierres, et des plantes, là-bas il pourrait dormir, et rêver, et rire aux éclats, se lever, se coucher, manger, sans réfléchir, eux ils n'auraient aucun chagrin puisqu'ils ne seraient pas nés. Partir, n'habiter nulle part, ne porter personne, n'embrasser personne! Il écrirait de merveilleuses tragédies, il reviendrait un jour pour les faire jouer à Paris. L'autobus déboucha très vite, Julien courut pour ne pas le manquer.

XIII

Quand il entra dans la cour du lycée, il se crut presque à l'enterrement du grand-père. Les uns s'écartaient de lui, gênés de ne savoir comment l'aborder, les autres venaient lui serrer la main, avec un air désolé. Cochard avait transmis son message, trop bien, il avait raconté la mort du grand-père, écrasé sous un camion, ou plutôt tombé dans la cage d'escalier, et Julien revenait si zélé, si courageux.

Le professeur de français lui fit signe d'approcher. Il était de cœur avec lui, il jugeait la mort sinistre, la mort des vieux comme celle des jeunes, le professeur se souvenait du décès de son grand-père, à la fin d'un repas de famille, mort en découpant le gâteau, Julien avait la mine consternée, il présentait ses condoléances, ils échangeaient leurs condoléances à voix très basse, sur le ton qui convenait, les cris autour d'eux formaient comme un écran propice. Maintenant le professeur évoquait sa mère, morte elle aussi, un an plus tard, jour pour jour, Julien n'imaginait pas que le professeur pût mentir, et lui, il se faisait honte, il parla de son grand-père pour couvrir sa honte, il raconta cette vie travailleuse, la vie d'un enseignant, et cette lente agonie, le grand-père lucide, infatigable, mais le professeur de français avait cessé d'écouter, il ne pensait plus qu'à ses morts.

Feldman vint vers lui, plus courbé que jamais, le sac trop lourd, le sourire gentiment moqueur.

« Tu as enterré ton troisième grand-père ? »

Julien se dit qu'il avait dû trop parler un jour, faire confidence à Feldman de cette hécatombe, tous ses grands-parents morts avant sa naissance, Feldman avait une mémoire implacable, à moins qu'il n'eût deviné son mensonge, qu'il l'eût perçu sur son visage, car Feldman voyait tout en regardant ailleurs. Julien s'excusa, bafouilla, il prit son camarade par le bras, pour solliciter sa bienveillance, il l'emmena à l'écart, au bord des toilettes, il voulut se faire pardonner, « Ma mère veut que j'habite avec elle... mon père s'y oppose. » Aussitôt il se dégoûta, il n'avait pas le droit de parler pour se tirer d'un mauvais pas, il tâcha de corriger « Je blague », il vit bien qu'il n'arrangeait rien, il corrigea de nouveau « C'est un secret ». Feldman ne répondit pas, il regardait le mur du lycée, et loin derrière le mur, il secoua la tête pour revenir à la vie, il murmura « Les parents... c'est terrible... » d'un ton résolu à ne rien dire, une banalité qui ne s'adressait à personne. Julien vit les parents de Feldman, ils descendaient difficilement du train, le père aidait la mère à descendre, ils marchaient sur le quai, la tête inclinée, ils étaient presque nus, le train repartait, Feldman cognait à la vitre mais les parents n'entendaient rien, Feldman essayait d'ouvrir la fenêtre, il n'y parvenait pas, alors il leur faisait un dernier signe, à peine un signe, un adieu. Discrètement Julien s'éloigna de son camarade qui ne s'en aperçut pas. Feldman s'en allait, emporté par son train, et lui il n'était qu'un gosse comblé d'amour, un père qui veut le garder, une mère qui veut le prendre, un lit chez lui, un lit chez elle, leur enfant qu'ils s'arrachent, rien qu'un enfant gâté.

XIV

Tout semble comme avant, et tout est différent. Julien le vérifie à mille signes. Au déjeuner, le père ne reprend jamais d'un plat, il ne fait plus d'observations à la bonne, il ne dit plus rien qui ne soit nécessaire, Julien s'évertue à remplir le silence, mais le père n'entend même plus le silence. Le soir, Julien raconte la classe dans le détail, il invente des scènes qui devraient distraire le père, deux camarades qui se sont battus au milieu du cours d'anglais, pour une gomme, rien qu'une gomme, chacun accusant l'autre de la lui avoir volée, et le professeur de gymnastique pris d'un malaise au sommet de la corde, tombé d'en haut, étendu raide dans sa combinaison bleue, mais le père n'écoute pas, il guette le téléphone, il court dans sa chambre, il referme la porte derrière lui, quand il réapparaît son humeur a changé, en bien, en mal. Après dîner, lorsqu'il vient embrasser Julien, il s'assied au bord du lit, il regarde son fils comme un paysage, comme s'il se remplissait de souvenirs, parfois il murmure son prénom, mais rien ne suit, brusquement il se reprend, il dit « Tu devrais travailler davantage » comme il dirait « As-tu les mains propres ? », mécaniquement, pour tenir son rôle de père.

Dès que sa mère l'aperçoit, elle se jette sur lui, elle le serre violemment dans ses bras, elle le couvre de baisers, jamais elle ne l'a tant embrassé, elle répète « Tout va bien », « Tout va bien », elle se le répète, il voit qu'elle a les yeux inquiets, les mains inquiètes, il la rassure, il dit ce qu'elle veut entendre, que tout sera fantastique.

Il garde son père, il garde sa mère, il les porte, il ne peut se reposer. Et il travaille comme un forcené. Du coup il néglige ses poèmes, sa tragédie reste à la traîne. Il est inquiet pour son œuvre. Bien sûr il trouvera du temps plus tard, il sait que les adultes n'ont pas grand-chose à faire. Mais c'est maintenant qu'il voudrait devenir un prodigieux poète. Il voudrait dépasser Rimbaud, et cela ne l'intéresse pas de ressembler un jour à Victor Hugo. Il dort de moins en moins. Il n'a plus le temps de rencontrer Éric, plus le temps de lire des livres pour son plaisir, plus le temps de rien. Dans dix jours son anniversaire. Il a peur.

XV

Il avait décidé de prendre deux heures pour aller au quartier des putains. Il erra, intimidé, les yeux baissés, seul enfant perdu parmi tous ces hommes qui traînaient dans la rue. Il regardait les pieds des putains, puis leurs jambes, à plusieurs il trouva des jambes de garçon. Il s'entendit interpeller, « Alors petit », il leva la tête, c'était une longue dame, brune aux cheveux très courts, elle ressemblait à Éric, elle lui sourit, il sourit, cette rencontre l'enhardit, il se mit à observer les dames tranquillement, des pieds à la tête, il se dépensait en sourires pour ne pas leur déplaire, mais la plupart ne le voyaient pas. Maintenant il se sentait à son aise. Elles semblaient aimables, les hommes circulaient, curieux, empressés, sans arrogance, sans vanité, personne ne le remarquait, et ce monde bizarre lui plaisait bien. Il comparait les jambes des dames, leurs genoux, leurs cheveux, il appréciait les cheveux trop courts ou trop longs, il décernait des prix, ses putains préférées ressemblaient à des bêtes sauvages, elles secouaient leurs crinières, il les imaginait fuyant toutes ensemble au premier coup de fusil, grimpant aux arbres, dans la forêt, ou luttant férocement, cherchant à s'étrangler au bord d'un étang. Ce qui l'incommodait c'était leurs seins, mais beaucoup n'en avaient pas, il craignait ces poitrines boursouflées que les robes n'arrivaient pas à contenir, le regard des hommes sur ce spectacle le blessait, sa mère n'avait rien à voir avec ces femmes-là, il voulut la placer devant une porte, juste à côté d'une grande fille rousse qui lui souriait, sa mère s'échappa, il la rattrapa, il la força à se mettre là, en position, exactement le même mouvement de la jambe, le genou gauche en avant, le même geste des épaules, la même bouche qui appelle, deux putains pour la même porte, d'un mouvement du menton elle lui fit signe d'entrer, sa jupe serrait ses hanches, il s'enfuit en courant.

XVI

Sa tragédie ne l'intéressait plus. Il se mettait à sa table, il commençait un vers, les premiers mots venaient sans peine, parfois un hémistiche, et plus rien, le stylo demeurait appuyé à la feuille, Julien poussait le stylo vers l'avant, pour le forcer à écrire, mais le stylo restait inerte, plus rien dans la tête, plus rien dans la main. Afin de se donner du courage, Julien relisait la dernière scène, mais il ne lisait que des mots à la file, des mots qui ne se rejoignaient pas.

Sans doute était-il fatigué. Aux autres la douleur donnait de l'inspiration, à lui les soucis retiraient jusqu'à l'envie d'écrire. Corneille et Racine avaient de grandes journées, ils vivaient tranquilles, ils avaient le loisir des longs travaux, tandis que lui il devait penser à tout, penser à tous, il pourrait un jour écrire un chef-d'œuvre, par hasard, en voyage, mais il ne deviendrait jamais tragédien.

Assis devant sa fenêtre ouverte, il expliqua à la nuit que sa tragédie posée sur la table, ces pages mortes, il ne les finirait pas, et que c'était mieux ainsi. Il déchira soigneusement la première page, puis la dernière, il se leva pour jeter les morceaux qui s'enfuirent dans la rue, les uns filaient vite, d'autres prenaient leur temps, plus rien de lui dans ces papiers que la nuit emportait. Il continua de déchirer comme il avait commencé, la première page, puis la dernière, en très petits morceaux, il regardait partir les mots, les ratures, les renvois, il détruisait implacablement, en même temps, à voix haute, comme pour orchestrer son travail, il récitait quelques-uns de ses vers, ceux qu'il savait par cœur, ou ceux dont il reconnaissait les miettes, il les chargeait d'accents ridicules, il déclamait comme le plus lamentable des acteurs, il voulait que sa tragédie mourût déshonorée...

La dernière page, il la retint. Il vit que c'était les vers 630 à 648, il les froissa soigneusement, et garda au creux de sa main tout ce que l'on avait retrouvé de son Eurydice. Puis il posa la page sur la table. Elle était ridée, fanée, elle suppliait, la seule relique de son travail, de son rêve. Il la caressa pour lui rendre sa forme, sa vie, il lui parla, il la pria d'oublier, il recommencerait les scènes déchirées, il réinventerait tous les vers, elle serait au cœur de tout, présente au moment suprême, le public se dresserait, enthousiaste, Julien ne voulait surtout pas qu'elle fût malheureuse, il s'endormit en la consolant.

XVII

L'anniversaire, la distribution des prix, le premier jour des vacances, tous ces moments dangereux, juin les rassemblait. Tant que ce mois maudit n'était pas commencé, Julien cherchait mille manières de lui échapper. S'obstiner à n'y pas penser, garder les yeux fixés sur septembre, imaginer les événements qui pourraient tout bousculer, la maladie, la guerre, la fin du monde. Il essayait aussi de se raisonner. Il se rappelait qu'il s'en était tiré l'an passé, il se persuadait qu'il grossissait toujours les obstacles, que ceux-ci se rapetissaient au dernier moment, de même qu'en classe, affolé à l'idée d'être interrogé, il allait mieux sitôt qu'il l'était. Surtout il s'ingéniait à ralentir le temps. Il découpait deux fois par jour, en heures, ce qu'il subsistait du mois de mai, cette masse d'heures le rassurait, un grand avenir disponible. Il avançait sa montre, puis il s'appliquait à oublier qu'il l'avait avancée, afin de découvrir un espace nouveau, imprévu. La nuit il faisait sonner son réveil plusieurs fois, pour vivre plusieurs nuits. Il demeurait de longs moments assis à sa table, à ne rien faire, juste à écouter les minutes, qui devenaient lentes, aimables, à force d'être observées. Ou encore il se transformait en fourmi, en abeille, il imaginait l'immensité du temps qui le séparait du 1er juin, beaucoup plus qu'une vie. Passant devant un fleuriste il s'arrêtait pour réfléchir sur le destin d'une rose, fanée demain, après-demain, que de roses encore fleuries et fanées avant juin, un temps à n'en pas finir...

En juillet tout sera décidé... son père l'avait dit, sa mère l'avait laissé entendre. Et voici que le mois de juin était devenu son ami, retenant ce moment où tout serait décidé. Juin avait changé de visage. Juin devrait s'éterniser. Le premier jour du mois, Julien acheta un calendrier sous verre, les mois entouraient un lac sur lequel s'avançait un bateau, un bateau tranquille, qui faisait lever les oiseaux. C'était la saint Fortuné. Désormais, il travaillerait tous les soirs avec ce calendrier posé devant lui, pour mieux mesurer le temps. Il pensait retarder les jours à force de les prévoir, et de les contempler. Juillet était de l'autre côté du lac, lointain, presque inaccessible, trente jours encore, et des jours qui s'allongeraient, trente jours divisés en heures, en minutes, un temps immense, peut-être juillet ne viendrait-il pas.

XVIII

« Que veux-tu comme dessert ? » lui avait dit son père. Il n'y avait que le dessert qui fût en droit de changer, le jour de l'anniversaire. Julien pouvait choisir. Il avait répondu « Un vacherin », un vacherin comme l'an passé, le mot n'évoquait rien de précis, sauf la crème, beaucoup de crème. Julien pensait bien faire, suggérant une préférence vague qui laissait au père le vrai choix. Le reste du repas était immuable, le saumon fumé pour symboliser la fête, le gigot de tous les dimanches, ensemble le fromage et la salade, tous là pour annoncer le vacherin aux douze bougies.

Seuls venaient déjeuner, ce jour-là, la tante Lucienne et l'oncle Édouard car un anniversaire ne se célèbre qu'en famille. La tante Lucienne arrivait plus tôt que le dimanche, un quart d'heure plus tôt, le temps d'offrir son cadeau. Julien ouvrait difficilement le paquet, faisant durer le plaisir, il s'exclamait de son mieux, il embrassait sa tante plusieurs fois, il disait de toutes les manières sa joie et sa confusion. La tante Lucienne n'offrait jamais que des livres, car un garçon ne peut recevoir autre chose, elle les achetait chez un libraire ami qui les choisissait avec amour et fabriquait de très jolis paquets. Les livres de la tante, Julien ne les lisait pas, des livres sur le Moyen Age, sur l'Égypte, ou sur l'Extrême-Orient, mais il aimait les recevoir, les placer dans sa chambre, il rêvait d'avoir un jour une bibliothèque fabuleuse, avec des livres jusqu'au plafond, et des échelles pour y monter, il se coucherait sur sa table, il dormirait au milieu d'eux.

L'oncle Édouard venait les mains vides. Mais il donnait quelques billets de banque au père, « pour Julien quand il sera grand ». Le père plaçait l'argent à la Caisse d'Épargne, « pour quand tu seras grand ». Attendant d'être grand, Julien pouvait feuilleter le livret, afin d'imaginer, de page en page, son avenir qui se préparait.

La nappe de dentelle, signe des grands jours, couvrait la table et retombait jusqu'à ses pieds, l'argenterie de vermeil remplaçait les couverts ordinaires, la bonne revêtait une robe noire, et son plus beau tablier. On s'asseyait à treize heures précises, le père ouvrait la cérémonie en quelques mots, toujours les mêmes, « Te voilà donc plus vieux d'un an », l'oncle Édouard prenait la parole, la tante Lucienne le relayait, on ne parlait que de Julien, de son travail, de ses succès, de son avenir, l'oncle Édouard le voyait médecin, la tante Lucienne le préférerait professeur, médecin et professeur concédait l'oncle Édouard, le père surveillait le débat, il rappelait les évidences nécessaires, « C'est trop tôt pour décider... », « Si Julien travaille bien il pourra tout faire... ». Julien souffrait que l'on parlât de lui, il promettait ce que l'on voulait, il travaillerait toujours davantage, il serait sans doute médecin, peut-être professeur, les deux s'il en était capable. « Douze ans, tu es presque un homme », assurait l'oncle Édouard, Julien baissait les yeux pour rappeler, très poliment, qu'il n'était encore qu'un enfant. « Tu ressembles de plus en plus à ton père », remarquait la tante Lucienne, elle le répétait plusieurs fois pendant le repas, cette phrase faisait mal à Julien car elle lui paraissait s'en prendre vaguement à sa mère, et il ne souhaitait pas ressembler à son père. Dès qu'on l'interrogeait sur ses études il s'ingéniait à empêcher que la conversation ne traînât sur lui, il parlait de ses professeurs, de ses camarades, il déviait sur les programmes et leur encombrement, il retrouvait un peu de calme, mais l'oncle et la tante ne le lâchaient pas : « Et toi dans tout ça ? » « Tu es sûrement le meilleur ! » Il regardait discrètement sa montre, oui le temps passait, la bonne servait vite, elle aussi était pressée d'en finir.

Elle apporta le vacherin, toutes bougies allumées, solennellement, elle le posa au milieu de la table, ils s'esclaffèrent, le père se leva, il prit la bouteille de champagne qui attendait sur le buffet, il l'ouvrit, ils tendirent leur coupe, il les remplit une à une, avec un soin méticuleux, en trois fois. Pour Julien venait le pire moment. Il avait peur de mal souffler, peur de renverser un verre, il savait que maintenant tous le regardaient, tous sur lui, il eût donné n'importe quoi pour être ailleurs. « Julien tu peux souffler. » Il est debout, il se penche en avant, vers le gâteau, vers les bougies, il cherche la bonne distance, assez près pour être capable de les éteindre, assez loin pour ne pas les éteindre toutes d'un coup, il veut aussi ne pas cracher sur le vacherin, il est sûr de s'y prendre mal, et d'être grotesque ainsi courbé, presque cassé, « Souffle donc », il souffle, en tournant un peu la tête, il est catastrophé car il n'a éteint que six bougies, il eût voulu en éteindre dix, en garder deux pour le rituel final, pour les deux derniers souffles et les applaudissements, il souffle à nouveau, trop vite, trop fort, les voilà toutes mortes, c'est fini, mal fini. « Tu as soufflé trop vite », observe le père, et la tante Lucienne insiste pour qu'on recommence le tout. L'oncle Édouard proteste, on transige, le père rallume trois bougies, le grand moment est revenu, Julien sait qu'il doit les éteindre une à une, c'est cela qu'ils attendent, il s'y applique, il approche le visage du gâteau, il sent la flamme, il souffle une bougie, c'est bien, une autre encore, reste la dernière, pour leur faire plaisir il prolonge l'attente, il feint de retrouver son souffle, il regarde son père, son père le regarde, Julien rassemble ses forces, il ferme les yeux, il souffle, on applaudit, un triomphe, plus de flamme, plus rien que le vacherin. Il va les embrasser tous les trois, dans l'ordre, la tante, l'oncle, et le père, tandis que celui-ci ramasse les bougies et découpe le gâteau. « Tu te marieras dans quatre ans... » lui dit la tante en lui serrant la tête, et elle ajoute « dans quatre ans ou dans cent ans, c'est trop tôt », elle a toujours aimé philosopher. « Te voilà un grand garçon », commente l'oncle Édouard qui l'embrasse six fois. Julien va vers son père, son père lui prend la main, il la garde un long moment, Julien voudrait trouver quelque chose à dire, qu'il aime son père, qu'il est bien avec lui, aucun mot ne vient.

« Va te rasseoir », lui dit le père.

Ils sont partis. Toujours le père remet son cadeau à Julien après leur départ, seul à seul. Julien se tient dans l'entrée. Le père va à sa chambre, revient. Il pose une machine à écrire sur la grande commode, il l'ouvre.

« C'est pour toi. »

Julien ne se demande pas ce qu'il fera d'une machine à écrire. Cela lui paraît un cadeau merveilleux, le plus beau des cadeaux jamais reçus. D'habitude son père lui offrait un chandail, ou des chaussures, ou des livres. Julien comprend que son père a décidé de tout changer. Il se jette dans ses bras, il répète merci, merci cinq fois, dix fois, il n'arrête plus de dire merci, le père le repousse doucement :

« Fais attention, c'est fragile. »

Et il prend un ton grave pour ajouter :

« Tu verras, elle te servira beaucoup. »

Julien cherche les meilleurs mots, pour faire plaisir au père.

« On repeindra l'appartement... »

Le père regarde la moquette. Julien a peur d'avoir dit une bêtise, et pourtant il insiste, pour rompre le silence :

« On va tout repeindre...

– On verra », répond le père. Il réfléchit, il calcule, il conclut :

« Cela dépendra. »

Et ils restent seuls, face à face, muets, les yeux au sol.

XIX

« Je t'ai préparé une surprise. » Elle lui banda les yeux avec un mouchoir blanc qui sentait le parfum, son parfum, elle lui passa le bras autour de la taille pour guider sa marche, ils montèrent l'escalier, ils passèrent devant le salon, la salle à manger, il comprit que la surprise était dans sa chambre, ils y entrèrent, alors elle lui retira le bandeau, elle lui baisa le front.

« Monsieur, voici votre palais... »

Une autre chambre, un autre monde, plus rien n'était comme avant. Une soie bleue recouvrait les murs et les plafonds, les fenêtres se fondaient dans d'immenses rideaux de velours, son divan était devenu un lit, un lit haut perché, solennel comme celui d'un roi, il ne subsistait que la moquette, mais trois superbes tapis se liguaient pour la dissimuler, restait aussi la commode, mais sur la commode tous les objets étaient différents, des objets compliqués, des vases, des statuettes aux formes étranges. Julien cherchait des mots à dire, il ne pouvait rester plus longtemps sans s'extasier, près de la fenêtre avait pris place un piano noir, sur le piano rien qu'une photo de sa mère et de lui, elle et lui sur la plage, debout, les bras mêlés, une photo agrandie, immense, seule sur le piano noir, ce piano lui fait peur, il murmure « C'est formidable », elle l'interroge d'une voix anxieuse « C'est beau n'est-ce pas ? Tu es content ? » Il se jette dans ses bras, bien sûr il est content, il répète « C'est formidable... c'est formidable... ». Il a trouvé le mot, et le ton, il s'enhardit, il n'a jamais rien vu d'aussi beau, la chambre de ses rêves, il est heureux, elle aussi.

Elle a fait dresser la table dans la chambre, une très petite table, ils sont assis l'un en face de l'autre, si proches, commence la fête, le maître d'hôtel présente le premier plat. « Je suis sûr que tu adores ça », il n'adore pas, mais peu importe, il souhaite adorer, ils se servent et se resservent, voici le poulet rôti, le meilleur des poulets rôtis, lui l'aile, elle la cuisse, il tourne les yeux vers le piano, elle s'inquiète :

« Le piano te fait plaisir ? »

Ce grand piano ventru, sinistre, ne lui fait aucun plaisir, mais il comprend que c'est le vrai cadeau d'anniversaire, sa mère rêve d'avoir un fils qui joue du piano comme Chopin, ou plutôt comme Schubert, elle chante, il l'accompagne, elle chante comme elle n'a jamais chanté, la salle est comble, envoûtée, dehors la foule se presse pour tâcher d'entendre, c'est fini, il laisse tomber ses bras contre ses genoux, elle s'incline, elle sourit, pas un applaudissement, il tourne la tête, la salle est vide, ils sont seuls, le pianiste et la chanteuse, ils saluent un trou vide, un trou noir.

« Je rêvais d'avoir un piano. »

Il l'a dit du mieux possible, elle a répondu « Je le savais », ils sont un peu gênés, mais c'est le moment du vacherin, et de ses douze bougies allumées. Des deux mains le maître d'hôtel pose le plat au milieu de la table, le vacherin est deux fois grand comme l'autre, les bougies de même, Julien voit les deux vacherins, ils marchent côte à côte sur la route, le petit et le grand, le mari et sa femme, les bougies sont comme des lampadaires, alignées au bord de la route, brûlantes, et le vacherin commence à fondre.

« Tu souffles ? »

Il s'est levé. Il veut souffler de la manière qui fera plaisir à sa mère, mais autrement que chez son père, il ne veut rien faire qui puisse désobliger le vacherin de son père, alors il décide de souffler les bougies une à une, il souffle, elle applaudit, il souffle, elle applaudit, cela va tout seul, elle semble satisfaite. Avant d'éteindre la dernière bougie il lui prend la main, il lui presse la main, il souffle violemment, elle dégage sa main pour applaudir, il applaudit à son tour, il applaudit sa mère qui applaudit, ils éclatent de rire.

Morceau après morceau, ils mangent le vacherin. Ils sont au bord de l'écœurement. Le maître d'hôtel s'est retiré, il n'assiste pas à cet interminable dessert. Julien ne veut pas admettre que ce vacherin est meilleur que l'autre. Pourtant il l'est. Ceci, précisément, le rend antipathique, Julien le trouve trop crémeux, trop lourd, il redoute une indigestion, il craint d'avoir la fièvre quand son père tout à l'heure lui prendra la température, il craint le soir qui vient, le mois qui vient.

« Tu ne veux pas finir ton vacherin ? »

Il le finira. En deux cuillères il ramasse ce qui traîne dans son assiette, il avale, il boit, sa mère doit s'inquiéter de sa précipitation, il commente pour la rassurer « Il est trop bon », il veut se resservir, mais elle écarte le plat. « Tu vas être malade », elle lui sourit, attentivement, comme un médecin.

Ils ne savent plus que faire, que dire, alors elle va au piano, elle commence à jouer, comme elle joue toujours, des airs désolés. Pour lui prouver qu'il aime le piano noir, Julien se hisse dessus, il s'allonge sur le ventre, il amène sa tête près de celle de la pianiste. Il regarde le front de sa mère qui se plisse, elle entame ses préludes préférés, les mêmes, dans le même ordre, de plus en plus douloureux. Pourtant elle ne cesse de sourire. Ce tendre sourire, ce visage qui souffre, c'est la plus belle image de sa mère, il rêverait de lui ressembler.

Elle a fermé le piano. Elle s'est levée. Elle a embrassé son fils. « Dans quinze jours nous serons ensemble. » Elle ajoute : « toujours ensemble... » Il répète en écho « ensemble... » Il se fait un visage pour lui promettre qu'il l'aime, qu'il est bien avec elle, et bien sûr qu'ils seront ensemble, toujours ensemble, toujours heureux. Le reste elle ne doit pas le savoir, qu'ils ne peuvent pas être ensemble, qu'il ne peut pas être heureux, il ne le dira pas, ni son regard, ni son sourire, ni un mot ne le dira jamais, elle répète « toujours ensemble... » comme un disque rayé. Il sourit obstinément.

XX

La bonne avait fait ses paquets. Elle les avait entassés sur la table de la cuisine, une valise aux lanières déchirées, deux gros cartons, un sac-poubelle encore ouvert. Quand Julien rentra du lycée, elle lui montra ses bagages, elle baragouina quelques mots. Le dîner était prêt, la table mise, elle avait trouvé d'autres gens à servir, et c'était son dernier soir.

Elle emportait bien plus que ses paquets. Comme les autres, elle bousculait la vie. Julien eût voulu l'asseoir, la supplier, défaire avec elle ses bagages, lui offrir à boire, la conduire au cinéma, faire n'importe quoi pour la retenir, mais il ne le pouvait pas, la bonne était comme l'argent, comme les repas, comme les horaires, elle appartenait au père, et Julien n'avait rien à dire.

La bonne s'en allait comme elle était venue, en traînant les pieds, en maugréant, elle quittait la maison sans complication, sans chagrin, elle allait n'importe où, jamais ils ne se reverraient et elle n'en faisait aucun drame. Lui, il devrait boucler sa valise, disparaître sans dire adieu, il savait qu'il en était incapable. La bonne partait, et il restait.

XXI

Julien attendit dans sa chambre que son père vînt lui annoncer la nouvelle.

« La bonne s'en va. »

Le père était figé, tenant la porte. Julien comprenait qu'aucun commentaire ne serait bien venu, mais il s'était levé, pour marquer l'importance de l'événement.

« Elle nous quitte, corrigea le père, à la rentrée il en viendra une autre... »

Il ferma la porte. Son pas s'éloigna, s'arrêta. Julien l'entendit qui criait dans le couloir :

« La semaine prochaine on repeindra l'appartement. »

XXII

Ils vinrent à deux, cela dura trois jours, les échelles, les pots, et l'odeur, le père dormit à l'hôtel, Julien au sixième étage, dans la chambre de bonne, on peignit tout en blanc, un blanc immaculé, terrible, le mercredi soir c'était fini, Julien et son père dînèrent dans la salle à manger comme dans une boîte, plus de tableaux aux murs, plus de rideaux, les rideaux on devrait en changer, les tableaux on les raccrocherait, le père avait fait les courses, il avait préparé le dîner, les œufs au plat, le riz, les œufs trop durs, le riz presque froid, Julien servait, en s'appliquant, si blanc l'appartement était devenu sinistre, et le père semblait épuisé, quand Julien posa l'assiette devant son père il l'embrassa brusquement, et il se jeta sur sa chaise, le père parut content, le riz n'était pas si froid, ils mangèrent de bon appétit.

« Tu verras..., lui dit le père, ... tout sera bien à la rentrée. »

Le père but un grand verre d'eau, il regarda

le plafond, pas une fente, pas une tache, il continua, comme s'il se parlait à lui-même :

« A la rentrée il y aura une bonne... et des rideaux. »

XXIII

L'église est vide, comme il l'avait prévu. Julien s'agenouille au premier rang, face au grand autel, mais il veut vérifier, à tout moment, qu'il est seul, il recule d'une vingtaine de chaises, il se déplace sur le côté, il voit l'autel obliquement, il surveille les deux portes. Venue d'un vitrail la lumière tombe juste devant lui, à cet endroit il se trouve bien. Il hésite à s'agenouiller, à s'asseoir, il choisit de rester debout, les bras croisés, comme font les hommes, les yeux à demi fermés.

Dieu n'est pas là. Pourtant l'heure est favorable, et le silence. Julien décide de compter jusqu'à dix pour que Dieu apparaisse, il compte lentement, pour donner à Dieu sa chance, il compte à nouveau, jusqu'à dix, jusqu'à vingt, à vingt il ouvre grands les yeux, l'autel est vide, l'église déserte. Julien se dit que Dieu exige davantage, qu'il faut prier, il commence la plus ordinaire de ses prières, les yeux fixés sur le tabernacle, il supplie que le tabernacle s'ouvre, il renonce, Dieu ne viendra pas, peut-être n'existet-il pas, peut-être n'est-il pas pressé, le temps pour Dieu ne compte guère. Pourtant il n'y a que Dieu qui puisse encore quelque chose, Dieu peut empêcher que les vacances ne viennent, il peut remettre les choses comme avant, lui rendre sa mère des jeudis, et son père des autres jours, et la vie ordinaire. Ce que Dieu ne peut pas c'est les mettre ensemble tous les trois, mais il peut tout le reste, replacer chacun dans son rôle, et que tout continue, paisiblement, comme tout devrait aller.

Julien récita toutes ses prières. Il en chercha d'autres au fond de sa mémoire, pour ne pas manquer la plus insignifiante, celle qui pouvait convenir à Dieu, il s'assura qu'il était seul dans l'église, il voulait maintenant prier à voix haute, pour être assuré que Dieu entendît. Trois fois il clama son Notre-Père, Dieu ne pourrait plus prétendre qu'il n'entendait rien, Julien récitait comme au théâtre, il détachait les mots, il hurlait, il prenait à témoin les statues, Saint Jean, Saint Pierre, il les suppliait de s'engager à ses côtés, il s'adressait à tous, la Vierge lui souriait, tous ils devenaient ses compagnons, tous ils voulaient que Dieu parlât, il courut au bénitier, il s'aspergea, il se hissa pour tremper ses cheveux, puis il se coucha sur la pierre pour mieux surprendre la moindre voix, il entendit un bruit derrière lui, la porte s'ouvrit, une vieille dame entra, noire, courbée, il alla se cacher derrière Saint Jean.

XXIV

Il mit, dans la valise, le nécessaire pour se changer deux fois, une couverture, tout ce qui servait à sa toilette, et le paquet de ses poèmes. Il plaça la valise sous le lit. Pour attendre minuit il s'installa à sa table de travail, il avait décidé d'apprendre ses leçons comme s'il devait aller en classe, afin de ne pas s'endormir.

A minuit il alla vérifier, à travers la porte, que son père ronflait. Puis il revint à sa chambre, il rangea les livres et les cahiers, commença à rédiger une lettre d'explication, y renonça. Il jeta par la fenêtre les trois lignes écrites, il s'empara de la valise, regarda sa chambre une dernière fois, il dit « Salut » pour se donner du courage, et il partit.

Il avait choisi d'aller tout droit, sans suivre aucun chemin, il n'avait pas voulu prendre d'autre résolution que son départ, la suite serait l'aventure, il n'avait pas la force de la prévoir, il voulait que tout, après, se fît sans lui.

Il marchait dans la nuit, son pas lui semblait

résolu et sa valise légère. Rien ne devait l'arrêter, ni les feux verts, ni les ivrognes, ni l'étonnement de ceux qui passaient, il irait, les dents serrées, tout droit jusqu'au bout du monde, le monde ferait de lui n'importe quoi. Il chassait toutes les images, il regardait ses pieds, il avait organisé entre eux une furieuse compétition, il dirait plus tard quel était le meilleur, du droit, ou du gauche, emportés par leur rivalité. Il avait décidé qu'il n'avait plus de père, plus de mère, qu'il n'aurait plus que des pieds, il voulait être très loin avant l'aube, là-bas personne ne le reconnaîtrait, là-bas il serait mendiant, ou bien prêtre, ou bien putain, l'enfant de personne, il s'assiérait sur le trottoir, il s'amuserait à regarder passer les autres, il devinerait leur vie, plus de travail, plus de souci, il dormirait en plein soleil.

Julien avait marché près d'une heure quand il rebroussa chemin. Il rentra comme un fou, se jetant sous les voitures, distribuant les grimaces, grimpant dans les poubelles. Les pieds dans les ordures il commença des discours, il récita ses poèmes aux clochards, en échange ils le firent boire. A deux heures il fut devant sa porte, saoul et joyeux. Trois fois il monta, descendit, remonta, jetant sa valise dans le trou de l'escalier, il s'en moquait de réveiller ceux qui dormaient, le père ronflait comme à l'ordinaire, Julien s'appuya aux murs dans le couloir, si sombre, si blanc qu'on eût dit un tombeau dans la nuit, sa chambre l'attendait, elle n'avait pas cessé de l'attendre.

« Bonjour c'est moi », il vida sa valise, il la coucha dans son lit, il la borda, il l'embrassa sur les deux joues. Il vint se coucher à côté d'elle, contre elle, ils dormiraient ensemble, ensemble ils étaient partis et revenus.

XXV

Il s'est lavé les cheveux, il a mis le costume gris des dimanches, il a préparé les bonnes formules, il est venu très en avance, il a choisi sa place, sur le côté gauche, tout près de la tribune pour n'avoir que quelques pas à faire. La salle se remplit vite, le professeur de mathématiques vient vers lui, avec un air mystérieux « Je vous félicite ». Julien bafouille, le professeur se met à rire gentiment. L'appel des vainqueurs commence, Julien craint de manquer son nom, de se faire attendre, de trébucher dans l'escalier qui grimpe à la tribune, en français il monte le troisième, le second en version latine, son nom ne vient ni en thème latin ni en grec, Feldman et Ribaud croulent sous le poids des livres, il n'en peut plus d'être si mal traité, il est convaincu d'avoir plus travaillé que les autres, on l'appelle, premier prix de mathématiques, un vrai tonnerre d'applaudissements, il redescend en baissant la tête, son livre contre la poitrine, pas trop vite pour ne pas rater les marches, on l'appelle à nouveau, second prix d'anglais, il remonte, il n'entend plus que son nom, second prix d'histoire, premier prix de sciences naturelles, il ne fait plus attention à rien, il a manqué le prix d'excellence, mais il s'en moque, il monte, il reçoit, il sourit, il salue, il descend, c'est fini, il est debout derrière sa chaise, il contemple ses livres, ses prix, sa gloire, beaucoup plus qu'il n'espérait, Feldman s'approche, ils se serrent la main, en vainqueurs, « Je le savais », lui dit Feldman. Il répond « Moi aussi ».

Julien a empêché son père de venir. Cela s'est fait sans peine. Il lui a dit que les familles n'étaient plus invitées, par décision du proviseur, rien que les élèves et les professeurs, une fête du lycée, le père a approuvé, il se méfiait des cérémonies qui font des enfants vaniteux, le père condamnait même les prix, les prix salissaient le travail, le travail ne devait pas mériter récompense.

Tous ils repartent, par deux, par trois, par quatre, les mamans ont les larmes aux yeux, elles n'arrêtent pas d'embrasser leurs enfants, elles les félicitent, elles les consolent, les pères se surveillent les uns les autres, ils portent les livres de prix comme s'ils étaient les leurs, ils comparent les piles, ils ont l'air préoccupé. Julien a décidé d'attendre un peu, pour sortir sans parler à personne, il feint de s'affairer, il s'applique à ranger ses livres dans son cartable, il les sort, il les rentre, il observe la salle qui se vide, le professeur d'histoire surgit derrière lui.

« Vous êtes seul ? »

Julien hoche la tête, il hoche une tête compassée, il laisse entendre qu'il n'a plus de parents, plus rien que la solitude, le professeur d'histoire paraît consterné, il prend Julien par l'épaule :

« Je comprends... »

Julien murmure quelques mots, des mots qui remercient, qui disent la désolation, il aimerait s'en aller mais le professeur le retient, le professeur veut en faire davantage.

« J'ai connu ça », dit-il, et il soupire, un grand soupir pour partager vraiment l'épreuve, il regarde la serviette de Julien, bourrée de livres, bourrée de prix.

« Il n'y a que le travail qui sauve », ajoute-t-il, il semble heureux de sa formule.

« Continuez... vous êtes sur la bonne voie. »

XXVI

Vint le dernier jeudi. Au matin le père l'avertit, « Nous partons dimanche », il ne lui prit pas la température, il ne la prenait jamais le dernier jeudi, Julien n'était pas pressé d'arriver chez sa mère, il choisit d'aller à pied, à mi-chemin il s'assit sur un banc, il regarda passer les voitures, il étudia les conducteurs, les femmes le peigne à la main ou les yeux sur la glace, les hommes au regard sombre, il eût aimé avoir une voiture, partir, brûler tous les feux, la jeter sur une autre, il reprit son chemin, il avait mal aux pieds, il arriva fatigué, et trop tard, sa mère eût pu s'inquiéter.

« Cela te plaît d'aller au restaurant ? »

Ils y allèrent. Assis devant son œuf en gelée il raconta la distribution des prix, plus de parents, rien que les élèves et les professeurs, une fête du lycée, il tendit à sa mère la liste de ses prix, un triomphe, sauf le prix d'excellence, mais elle savait qu'il le reprendrait, l'an prochain, elle l'embrassa, elle lui parut au bord des larmes, elle l'agaça, elle ressemblait trop aux autres mères, il lui sembla qu'on les observait aux tables voisines, il changea de conversation, il parla de sa carrière, elle adorait ce sujet et elle redevint normale, il avait décidé de renoncer à devenir tragédien, ou poète, il irait vers un métier sérieux, médecin, ou plutôt chirurgien. « Tu me soigneras quand je serai vieille. » Ils savaient tous les deux qu'elle ne serait pas vieille. Il mangea son poulet, elle lui fit boire un peu de vin.

Au cinéma il ferma les yeux, ils se tinrent comme chaque fois par la main, il pria le film de durer, de ne pas finir, leurs deux mains libres se prirent à leur tour, cela ils ne l'avaient jamais fait.

Ils rentrèrent. Dès qu'ils furent dans la chambre, ils comprirent que c'était trop tard, qu'ils allaient se dire adieu. Alors elle se mit au piano, elle joua quelques gammes dans tous les sens, n'importe quoi pour faire du bruit, il vint auprès d'elle, il dit « Je pars dimanche », si bas qu'elle pouvait ne pas entendre, elle répondit « Je le sais », et elle commença à jouer pour de bon.

Il voulait surtout qu'elle ne parlât pas. Pour l'obliger à se taire, il commença à fredonner des mots sans suite. Elle prit le relais, elle se mit à chanter, elle joua plus fort, afin que le piano se mêlât à sa voix, elle chanta « Tu reviendras... et nous serons ensemble... ». Ce qu'elle avait à dire elle avait décidé de le chanter, il comprit que les mots n'étaient pas d'elle, mais qu'ils venaient d'elle, elle avait dû choisir ses mélodies la veille, en jouer des dizaines, chercher celles qui leur parleraient d'eux, elle se retournait, elle souriait, elle vérifiait qu'il comprenait bien, ces mots vêtus par la musique, portés par la musique, exaltés, il pouvait les accepter, elle continua, les mains, la voix, le regard chantaient ensemble, souffraient ensemble « ... pour m'enfuir avec toi... vers la lumière... », sa voix restait suspendue à la lumière, sa voix montait vers le ciel, descendait vers la mer, elle n'en finissait pas de chercher la lumière. Julien était sûr maintenant que demain ne viendrait pas.

III

I

Tous deux en coin fenêtre, assis face à face, le train les emportait. Le père lisait son journal, le même journal tout au long du voyage, il ne levait jamais les yeux. Julien regardait dehors, les champs, les vaches, les villages qui venaient et partaient, et les gares traversées. D'habitude il aimait prendre le train, il aimait être conduit, se confier au conducteur, plus rien qui dépendît de lui. Son rêve était le wagon-restaurant, il y avait pris un repas, deux ans plus tôt, il avait dégusté le plaisir d'être immobile et de s'en aller, de manger tranquillement en voyant s'enfuir le monde, mais le père exécrait ce faux restaurant, il jugeait la cuisine médiocre et le service trop rapide. Au départ, ils avaient acheté deux sandwiches sur le quai de la gare. Un voyage si court ne devait pas comporter de déjeuner. On ne dînerait que mieux le soir.

Julien contemplait la pluie. Elle frappait la vitre, de plus en plus fort, elle cachait les vaches, il avait renoncé à les compter, d'ailleurs à quoi bon, la violence de la pluie parut surprendre le père qui leva un moment les yeux, il observa son fils, serré contre la fenêtre, la tête posée sur la vitre.

« Il pleut toujours quand nous partons », dit le père, et il reprit sa lecture. Julien tâcha de se souvenir, mais tous les trains étaient pareils, la même pluie sur la même vitre, le père toujours dans son journal, il ne put retrouver le train de l'an dernier, il pensa au train de l'an prochain, un train fou, incapable de s'arrêter, il ne vit plus le père sur le siège en face, sa tête lui faisait mal, mal aux tempes, c'était la faute de la pluie, sa tête risquait d'éclater, qu'elle éclate donc, là, dans le train, avant la gare, qu'elle éclate maintenant :

« J'ai mal à la tête. »

Le père resta dans son journal.

« Tu as besoin de vacances », répondit-il.

Il passa son doigt sous son col, il vérifia sa cravate, il ajouta :

« Moi aussi. »

La pluie devenait plus fine, plus douce, le train avait ralenti, traversant une gare déserte. On n'était qu'à mi-voyage. Julien remit tout à plus tard, réfléchir, décider, il ferma les yeux, il voulait dormir.

II

Chaque année, dans les mêmes chambres, face à la mer, une grande, une petite, côte à côte, les murs couverts d'un papier orange, les meubles noirs, chacune son cabinet de toilette, chacune son balcon, un appartement pour une famille, l'appartement 202. Ouvertes les valises, le père prit Julien par la main. Dès le premier jour il fallait marcher sur la plage, rien que la rue à traverser, le temps d'un bol d'air, la mer est basse, la plage immense, vide parce qu'il pleut, quelques mouettes, quelques baigneurs audacieux, le père a pris son parapluie.

Ils marchent sur le sable, ils vont vers la mer, serrés sous le parapluie. C'est le moment où, chaque année, le père donne les consignes générales pour que les vacances profitent au mieux. Julien sait ce que le père va dire. Qu'il ne faut pas se baigner dans les deux heures qui suivent chaque repas, que la plage est dangereuse et qu'il ne faut pas nager loin, qu'il faut vite se sécher après le bain, et se couvrir. Peu manger. Beaucoup dormir. Et lire chaque jour cinquante pages au moins.

Le père ne dit rien. Il pleut de plus en plus fort, le sable mouillé pénètre les chaussures, ils ont froid, le père, d'habitude si vigilant, semble ne pas s'en apercevoir.

« Il faut peut-être rentrer, dit Julien.

– Peut-être... » convient le père. N'attendait-il que ça, un mot du fils, il le prend par l'épaule, il respire un bon coup, il dit :

« La mer est superbe quand il pleut. »

Ce n'est pas ce qu'il veut dire. Le père réfléchit, hésite, encore quelques pas, et il continue :

« Mardi... je saurai mardi... si nous restons ensemble. »

Ils ont tourné le dos à la mer, ils marchent maintenant vers la route, vers l'hôtel, le père regarde le désastre de ses chaussures trempées qui s'enfoncent, et du pantalon transformé en éponge, fichu peut-être, Julien a beau se rapprocher du père, sous le parapluie, la pluie passe partout, le vent y aide, le père serre le bras de son fils, de plus en plus fort, on dirait qu'il s'énerve, ou qu'il veut se réchauffer.

« Ce n'est pas possible que tu ailles là-bas. »

Julien répond « Oui », il répondrait « Oui » à n'importe quoi, ils s'accrochent tous deux au parapluie.

« Ce n'est pas possible », répète le père.

Les voici hors du sable, sauvés, la pluie s'arrête, ils se retournent, tous deux, pour regarder la mer, les nuages se déchirent, le soleil essaie de se faufiler.

« Je voudrais me baigner.

– Vas-y, consent le père, mais ne nage pas longtemps. La plage est dangereuse. »

Julien se déshabille, il fait un paquet de ses vêtements, il court à la mer, elle est si loin qu'il doit beaucoup courir, le père ramasse le paquet, il le garde sous son bras, il crie « Reviens vite ». Julien se retourne, il fait un signe de la main. Le père répond en agitant son parapluie, comme un mouchoir.

III

La salle à manger était bondée. Ils dînèrent sans se regarder, le père parla de la pluie, de la plage, il prit la sole meunière, Julien la prit grillée, les lumières étaient trop basses, rien qu'un rond sur les nappes, à toutes les tables on chuchotait, le serveur ruisselait de sueur, il courait dans tous les sens. Ils attendirent la crème caramel un temps interminable, ils pensaient à la même chose, ils ne pouvaient en sortir. « Si tu nages demain matin, lui dit le père, ne prends pas froid. » Julien promit d'un mouvement de la tête. « Et ne va pas loin. » Il ne prendrait pas froid, il ne nagerait pas loin.

Ils montèrent, ils s'embrassèrent à l'étage devant la porte du père, « Dors vite », conseilla le père. Ils entrèrent chacun dans leur chambre, Julien ouvrit grande la fenêtre, pour entendre la mer et la pluie, pour avoir froid, il cria « Bonne nuit » pour vérifier que la mer couvrait sa voix, il déclama « Ma vie fut d'être celui qui souffle et qu'on oublie », un vers qu'il avait appris, mille fois répété, dont il eût voulu être l'auteur, il est fou de crier, sa vie n'intéresse personne, il se lève, il va à la fenêtre, il déclame à nouveau « Ma vie fut d'être... », il s'arrête, le voici franchement ridicule, il écoute la mer, elle rit de tout, elle lui rit au nez, le père doit dormir ou rabâcher son problème, Julien s'assied à sa table, il commence une lettre « Monsieur le juge », il veut expliquer au juge qu'il convient de patienter, de décider plus tard, après les vacances, ou l'an prochain, rien ne presse, mais il ne sait pas l'adresse du juge, ni si le juge existe. Il sort de sa chambre, il descend l'escalier en étouffant ses pas, il croise la dame qui distribue les clefs, elle tricote et elle rêve, il lui demande la permission de téléphoner, elle a l'air étonné, « A cette heure? Tout seul? », il répond, le plus naturellement qu'il peut, « Je dois appeler ma mère ». Elle lui montre du doigt la cabine, il s'y enferme, il laisse passer un long moment pour reprendre ses forces et s'assurer que personne ne l'écoute, il a un mal fou à composer le numéro, c'est qu'il n'appelle jamais sa mère, il craint de se tromper de chiffres, il espère qu'elle ne répondra pas, « Allô », elle a répondu, il a enfoui l'écouteur dans son chandail pour être obligé de se taire, il entend la voix, très lointaine, contre sa poitrine, « ... allô... allô... parlez... parlez... ». Il chuchote « Maman... maman », mais elle n'entendra pas, s'il l'appelle c'est pour la supplier de tout remettre à plus tard, à décembre, à quand il sera grand, de téléphoner d'urgence au juge, il sait qu'il ne dira rien, il entend « ... parlez... allô... qui êtes-vous... allô... parlez... », elle a raccroché. Il sort de la cabine, il essaie de sourire à la dame, il lui dit « Personne n'a répondu... », elle paraît bizarre, elle doit savoir qu'il ment, il remonte l'escalier, le plus doucement qu'il peut.

L'hôtel dort. Le père semble dormir aussi. Dehors la mer s'est apaisée, elle est maintenant prête à l'aider. Il décide de réfléchir, de réfléchir toute la nuit et, pour être sûr de rester éveillé, il se couche sur le balcon. La pluie commence à le tremper, pas d'étoiles, il a froid mais il voit clair, il ne peut retenir le temps, il ne peut retenir son père, ni sa mère, trop de monde contre lui, trop de forces, « Je t'ai préparé une surprise », elle a refait sa chambre, elle se met au piano, le père marche de long en large, il a repeint l'appartement, il a tout sacrifié pour garder son fils. Julien est trempé comme une éponge, la pluie l'oblige à fermer les yeux. Il attendra que le jour vienne, que la pluie le noie, que la mer l'emporte, et voici qu'il découvre une étoile, puis une autre, il leur parle poliment, il leur explique son affaire, il les prie de l'écouter, elles viennent, de plus en plus nombreuses, pour l'entourer, pour passer la nuit avec lui, il sourit pour les remercier.

IV

Au petit matin le temps était magnifique, le temps qu'il souhaitait, la mer haute, proche, immobile, la plage déserte, rien que les oiseaux en bande qui voulaient jouer. Il avala ses deux croissants. Il en demanda deux autres, la femme de chambre parut surprise, les enfants bien élevés ne sont pas si gloutons. Il but tout le lait, tout le café, il frappa faiblement à la porte du père, « Il fait beau... je vais nager », le père aimait que l'on se baignât de bon matin, cela fortifiait la santé, et le caractère, le père n'ouvrit pas, il dormait sans doute, ou il réfléchissait, il ne voulait pas être dérangé. Julien resta quelques secondes, la tête contre la porte, deux fois il dit « papa », assez bas pour n'être pas entendu.

Il alla poser sous la douche ses vêtements trempés. Il rangea ses livres en pile, il commença une lettre au père, il la déchira, il jeta les morceaux par la fenêtre qu'il laissa ouverte, il écrivit sur un papier « Ne t'inquiète pas, je reviens tout à l'heure », il regarda plusieurs fois le papier, il en fut satisfait, il commença de le passer sous la porte du père, il se ravisa, il l'installa sur sa table, bien coincé entre les livres.

De sa valise il sortit ses poèmes. Il hésita à les détruire, ou à les laisser là. Il en relut quatre ou cinq, il déchira les deux derniers, qui lui déplurent, les autres méritaient d'être mis en évidence, il les plaça dans le tiroir de la table, il y mit aussi quelques pages qu'il avait écrites en secret, des confidences qu'il se cachait à lui-même, pour servir un jour à son histoire, il laissa le tiroir entrouvert.

Il enfila son maillot de bain, il passa le peignoir que son père emportait, chaque année, dans les bagages, pour interdire que l'on prît froid, il descendit, il distribua des bonjours, des sourires, plus qu'il n'en fallait, il souhaita une bonne journée à tous ceux qu'il croisa. Il tendit sa clef :

« Je vais me baigner, je reviens dans une heure.

– Tu es courageux », remarqua gentiment le concierge.

Julien courut jusqu'à la mer. Quelques minutes il la regarda. Elle le regarda aussi, sans bouger, elle semblait indifférente au soleil qui la caressait, aux mouettes qui l'égratignaient, elle attendait. Il retira lentement son peignoir, il le plia du mieux qu'il put, il courut cent mètres pour le poser plus loin, il changea d'avis, il le rapporta, il le trempa dans l'eau, le peignoir se débattit, Julien réussit à l'enfoncer, à le maintenir sous ses pieds. Le peignoir cessa de résister.

Julien se mit à nager, sans se presser, car il ne devait pas se fatiguer. Il avait décidé de compter jusqu'à mille, pour ne penser à rien, puis de recommencer. Il faisait de longues, de lentes brasses, qui l'emmenaient tranquillement. De temps en temps il tournait la tête pour vérifier que les maisons s'éloignaient, il n'entendait plus les voitures, ni aucun bruit qui venait de la plage, il tâchait de mesurer la distance, il devait nager encore. Il ralentit ses brasses et il cessa de compter.

Pour se reposer, il fit la planche. Le ciel était bleu, vide, tout était simple comme il l'avait rêvé, les mouettes tournaient autour de lui, elles allaient comme elles voulaient, lui aussi, il allait ailleurs, la mer l'emmenait.

Il crut entendre un ronflement lointain. De la côte l'ombre d'un bateau semblait venir à lui. Alors il eut peur de manquer de temps, et fit ce qu'il avait décidé. Il plongea violemment, il s'enfonça aussi loin, aussi fort qu'il put. Il respira, à pleins poumons, il avala la mer. Il voulut crier, mais le piano noir lui pressa la poitrine. Des étoiles se jetèrent sur lui, il plongea encore pour leur échapper. Cette longue main gantée, tendue vers lui, comme une algue, il ne réussit pas à l'attraper, et il roula, emporté par le ciel, la tête contre les genoux.

DU MÊME AUTEUR

Aux Éditions Gallimard

UN COUPABLE, 1985.

JOSEPH CAILLAUX, Folio/Histoire, 1985.

L'ABSENCE, 1986.

LA TACHE, 1988.

UN ENFANT SAGE, 1990.

DISCOURS DE RÉCEPTION À L'ACADÉMIE FRANÇAISE ET RÉPONSE DE PIERRE MOINOT, 1990.

Chez d'autres éditeurs

LA RÉPUBLIQUE DE M. POMPIDOU, Fayard, 1974.

LES FRANÇAIS AU POUVOIR, Grasset, 1977.

ÉCLATS (en collaboration avec Jack Lang), Simoën, 1978.

JOSEPH CAILLAUX, Hachette, 1980.

L'AFFAIRE, Julliard, 1983.

SIEYÈS, La clef de la Révolution française, de Fallois, 1988.

BATTEMENTS DE CŒUR, Fayard, 1991.

COLLECTION FOLIO

Dernières parutions

2715. François-Marie Banier — *La tête la première.*
2716. Julian Barnes — *Le porc-épic.*
2717. Jean-Paul Demure — *Aix abrupto.*
2718. William Faulkner — *Le gambit du cavalier.*
2719. Pierrette Fleutiaux — *Sauvée !*
2720. Jean Genet — *Un captif amoureux.*
2721. Jean Giono — *Provence.*
2722. Pierre Magnan — *Périple d'un cachalot.*
2723. Félicien Marceau — *La terrasse de Lucrezia.*
2724. Daniel Pennac — *Comme un roman.*
2725. Joseph Conrad — *L'Agent secret.*
2726. Jorge Amado — *La terre aux fruits d'or.*
2727. Karen Blixen — *Ombres sur la prairie.*
2728. Nicolas Bréhal — *Les corps célestes.*
2729. Jack Couffer — *Le rat qui rit.*
2730. Romain Gary — *La danse de Gengis Cohn.*
2731. André Gide — *Voyage au Congo* suivi de *Le retour du Tchad.*
2733. Ian McEwan — *L'enfant volé.*
2734. Jean-Marie Rouart — *Le goût du malheur.*
2735. Sempé — *Âmes sœurs.*
2736. Émile Zola — *Lourdes.*
2737. Louis-Ferdinand Céline — *Féerie pour une autre fois.*
2738. Henry de Montherlant — *La Rose de sable.*
2739. Vivant Denon, Jean-François de Bastide — *Point de lendemain,* suivi de *La Petite Maison.*
2740. William Styron — *Le choix de Sophie.*

2741.	Emmanuèle Bernheim	*Sa femme.*
2742.	Maryse Condé	*Les derniers rois mages.*
2743.	Gérard Delteil	*Chili con carne.*
2744.	Édouard Glissant	*Tout-monde.*
2745.	Bernard Lamarche-Vadel	*Vétérinaires.*
2746.	J.M.G. Le Clézio	*Diego et Frida.*
2747.	Jack London	*L'amour de la vie.*
2748.	Bharati Mukherjee	*Jasmine.*
2749.	Jean-Noël Pancrazi	*Le silence des passions.*
2750.	Alina Reyes	*Quand tu aimes, il faut partir.*
2751.	Mika Waltari	*Un inconnu vint à la ferme.*
2752.	Alain Bosquet	*Les solitudes.*
2753.	Jean Daniel	*L'ami anglais.*
2754.	Marguerite Duras	*Écrire.*
2755.	Marguerite Duras	*Outside.*
2756.	Amos Oz	*Mon Michaël.*
2757.	René-Victor Pilhes	*La position de Philidor.*
2758.	Danièle Sallenave	*Les portes de Gubbio.*
2759.	Philippe Sollers	*PARADIS 2.*
2760.	Mustapha Tlili	*La rage aux tripes.*
2761.	Anne Wiazemsky	*Canines.*
2762.	Jules et Edmond de Goncourt	*Manette Salomon.*
2763.	Philippe Beaussant	*Héloïse.*
2764.	Daniel Boulanger	*Les jeux du tour de ville.*
2765.	Didier Daeninckx	*En marge.*
2766.	Sylvie Germain	*Immensités.*
2767.	Witold Gombrowicz	*Journal I (1953-1958).*
2768.	Witold Gombrowicz	*Journal II (1959-1969).*
2769.	Gustaw Herling	*Un monde à part.*
2770.	Hermann Hesse	*Fiançailles.*
2771.	Arto Paasilinna	*Le fils du dieu de l'Orage.*
2772.	Gilbert Sinoué	*La fille du Nil.*
2773.	Charles Williams	*Bye-bye, bayou !*
2774.	Avraham B. Yehoshua	*Monsieur Mani.*
2775.	Anonyme	*Les Mille et Une Nuits III (contes choisis).*
2776.	Jean-Jacques Rousseau	*Les Confessions.*
2777.	Pascal	*Les Pensées.*

2778. Lesage — *Gil Blas.*
2779. Victor Hugo — *Les Misérables I.*
2780. Victor Hugo — *Les Misérables II.*
2781. Dostoïevski — *Les Démons (Les Possédés).*
2782. Guy de Maupassant — *Boule de suif* et autres nouvelles.
2783. Guy de Maupassant — *La Maison Tellier. Une partie de campagne* et autres nouvelles.
2784. Witold Gombrowicz — *La pornographie.*
2785. Marcel Aymé — *Le vaurien.*
2786. Louis-Ferdinand Céline — *Entretiens avec le Professeur Y.*
2787. Didier Daeninckx — *Le bourreau et son double.*
2788. Guy Debord — *La Société du Spectacle.*
2789. William Faulkner — *Les larrons.*
2790. Élisabeth Gille — *Le crabe sur la banquette arrière.*
2791. Louis Martin-Chauffier — *L'homme et la bête.*
2792. Kenzaburô Ôé — *Dites-nous comment survivre à notre folie.*
2793. Jacques Réda — *L'herbe des talus.*
2794. Roger Vrigny — *Accident de parcours.*
2795. Blaise Cendrars — *Le Lotissement du ciel.*
2796. Alexandre Pouchkine — *Eugène Onéguine.*
2797. Pierre Assouline — *Simenon.*
2798. Frédéric H. Fajardie — *Bleu de méthylène.*
2799. Diane de Margerie — *La volière* suivi de *Duplicités.*
2800. François Nourissier — *Mauvais genre.*
2801. Jean d'Ormesson — *La Douane de mer.*
2802. Amos Oz — *Un juste repos.*
2803. Philip Roth — *Tromperie.*
2804. Jean-Paul Sartre — *L'engrenage.*
2805. Jean-Paul Sartre — *Les jeux sont faits.*
2806. Charles Sorel — *Histoire comique de Francion.*
2807. Chico Buarque — *Embrouille.*
2808. Ya Ding — *La jeune fille Tong.*
2809. Hervé Guibert — *Le Paradis.*
2810. Martín Luis Guzmán — *L'ombre du Caudillo.*
2811. Peter Handke — *Essai sur la fatigue.*
2812. Philippe Labro — *Un début à Paris.*

2813. Michel Mohrt *L'ours des Adirondacks.*
2814. N. Scott Momaday *La maison de l'aube.*
2815. Banana Yoshimoto *Kitchen.*
2816. Virginia Woolf *Vers le phare.*
2817. Honoré de Balzac *Sarrasine.*
2818. Alexandre Dumas *Vingt ans après.*
2819. Christian Bobin *L'inespérée.*
2820. Christian Bobin *Isabelle Bruges.*
2821. Louis Calaferte *C'est la guerre.*
2822. Louis Calaferte *Rosa mystica.*
2823. Jean-Paul Demure *Découpe sombre.*
2824. Lawrence Durrell *L'ombre infinie de César.*
2825. Mircea Eliade *Les dix-neuf roses.*
2826. Roger Grenier *Le Pierrot noir.*
2827. David McNeil *Tous les bars de Zanzibar.*
2828. René Frégni *Le voleur d'innocence.*
2829. Louvet de Couvray *Les Amours du chevalier de Faublas.*
2830. James Joyce *Ulysse.*
2831. François-Régis Bastide *L'homme au désir d'amour lointain.*
2832. Thomas Bernhard *L'origine.*
2833. Daniel Boulanger *Les noces du merle.*
2834. Michel del Castillo *Rue des Archives.*
2835. Pierre Drieu la Rochelle *Une femme à sa fenêtre.*
2836. Joseph Kessel *Dames de Californie.*
2837. Patrick Mosconi *La nuit apache.*
2838. Marguerite Yourcenar *Conte bleu.*
2839. Pascal Quignard *Le sexe et l'effroi.*
2840. Guy de Maupassant *L'Inutile Beauté.*
2841. Kôbô Abé *Rendez-vous secret.*
2842. Nicolas Bouvier *Le poisson-scorpion.*
2843. Patrick Chamoiseau *Chemin-d'école.*
2844. Patrick Chamoiseau *Antan d'enfance.*
2845. Philippe Djian *Assassins.*
2846. Lawrence Durrell *Le Carrousel sicilien.*
2847. Jean-Marie Laclavetine *Le rouge et le blanc.*
2848. D.H. Lawrence *Kangourou.*
2849. Francine Prose *Les petits miracles.*
2850. Jean-Jacques Sempé *Insondables mystères.*

2851.	Béatrix Beck	*Des accommodements avec le ciel.*
2852.	Herman Melville	*Moby Dick.*
2853.	Jean-Claude Brisville	*Beaumarchais, l'insolent.*
2854.	James Baldwin	*Face à l'homme blanc.*
2855.	James Baldwin	*La prochaine fois, le feu.*
2856.	W.-R. Burnett	*Rien dans les manches.*
2857.	Michel Déon	*Un déjeuner de soleil.*
2858.	Michel Déon	*Le jeune homme vert.*
2859.	Philippe Le Guillou	*Le passage de l'Aulne.*
2860.	Claude Brami	*Mon amie d'enfance.*
2861.	Serge Brussolo	*La moisson d'hiver.*
2862.	René de Ceccatty	*L'accompagnement.*
2863.	Jerome Charyn	*Les filles de Maria.*
2864.	Paule Constant	*La fille du Gobernator.*
2865.	Didier Daeninckx	*Un château en Bohême.*
2866.	Christian Giudicelli	*Quartiers d'Italie.*
2867.	Isabelle Jarry	*L'archange perdu.*
2868.	Marie Nimier	*La caresse.*
2869.	Arto Paasilinna	*La forêt des renards pendus.*
2870.	Jorge Semprun	*L'écriture ou la vie.*

Impression Bussière Camedan Imprimeries
à Saint-Amand (Cher),
en décembre 1996.
Dépôt légal : décembre 1996.
1er dépôt légal dans la collection : mai 1992.
Numéro d'imprimeur : 1/2201.

ISBN 2-07-038521-3./Imprimé en France.

79489